在我心中，
你從來沒改變，

始終是那時那刻，
我第一眼就愛上了的人。

One Day
You'll Love Me

Amy Chang

你總有
愛我的一天

張小嫻

自序

小說是去年寫的，今天回頭再讀，它更像一個哀悼青春的故事，而不是一個單純的愛情故事。

主角西西在十七歲那年愛上了一個男人，他是她的好朋友夏夏的追求者。這個男人的出現，終結了她們兩個的友誼。西西和夏夏曾經要好得自比西夏王朝，她們彼此約定，將來有一天要結伴去巡視敦煌莫高窟，那是西夏時代的偉大藝術。夏夏出身好，會交際，早熟，驕縱，幸福，她知道自己長得漂亮，很會利用自己的美貌來迷倒身邊的男人。

每個少女也許都曾經有一個像夏夏這樣的好朋友吧？我好像也認識一

個。在我的一些小說裡有過她的影子，有她對我說過的話，也有我們那一段早逝的友情。寫這本書的時候，我又想起了她。小說是虛構的，裡面的一些感情，卻又如此熟識。逝水如斯，少女時代離我已經遠了，去年寫這本書的時候，正值我對年齡和歲月很迷惘的一段日子。人總是一點一點老去，青春也許沒那麼好，可是，那時我們比現在年輕。年輕不一定比現在好，可是，我們總不免想念當時的自己。不想回到過去，卻也不想老去，人是多麼的矛盾？青澀的歲月裡，我們也許都愛上過不愛我們的人。

後來，當我們長大了，還是不會忘記當時掉過的眼淚和受過的委屈。長大真好，我們會幻想，要是那個人看到現在的我，肯定會後悔當時不愛我，不懂欣賞我的好，不知道在人生的長途比賽之中，我是比他當時愛上的任何一個人都要優秀許多，我甚至比他好。然而，那個人真的會看到嗎？我們又真的那麼在乎嗎？假使那個人二十年前不愛我，二十年後，當他老了，他會愛上我嗎？我又是否願意接受這份遲來的愛？

這是個痴迷的故事，我已經不記得我在怎樣的心情之下寫了這個小說，用我的幻想，把不可能變成可能。像西西這樣愛一個男人，是幸福的？還是苦澀的？只能夠由她自己來回答。

許多看完書的讀者問我：「最後出場的白玫瑰是西西嗎？」也許，就連讀者都渴望西西永遠年輕，永遠相信愛情。

我們做不到的，我們得不到的東西，往往由小說來完成。

張小嫻

二○○八年十一月十日

那時那刻，
雖然只是短短的一瞬，
整個世界，
就只有我和你。

1

許多年後，當著名建築師喬信生在公寓裡那面鏡中看到一張布滿孤寂皺紋的老臉和憔悴駝背的身影，他的思緒又再一次回到四十七歲生日的那一天。

那個遙遠的下午，他從歌劇院工地開車回來，把車停好，敏捷地爬上幾層樓梯回到家裡。

飯桌上那個亮晶晶的琉璃花瓶裡插著一大叢紫紅色玫瑰，開出了一朵朵濃密的花蕊，散發著一股甜香。

這些花他今天大清早出去的時候並沒有看見。

他現在看了一眼，心情愉快，想著：

「這是什麼玫瑰？以前從沒見過……」

但鮮花總是美好的，只要別看見它們枯萎老去。

他想起這天是他四十七歲的生日，心中沒有傷感，反而覺得自己比過去的日子都要年輕。

幾年後，當那幢坐落在海邊的歌劇院蓋好，毫無疑問，將會成為本城的地標。

它是他最得意的作品，會讓他名留歷史。

他脫掉外套丟在一邊，坐進客廳那張底座很低的米白色扶手沙發椅裡。

他每次回家，總愛先在這裡坐一會。

人一陷進去，就捨不得起來。

他背往後靠到椅背上，伸長脖子看向畫室裡，喊了一聲：

「寧恩，我回來了！」

畫室裡沒有應答。他心裡想：

「她說不定出去了。」

他頭轉回來，一雙長腿舒服地伸展到面前的琉璃茶几上。

這時，他看到茶几上擱著一封信。

那封信引起了他的興趣。

他傾身向前，拿起那封信。

信封上沒有貼郵票，秀麗熟悉的字跡寫著：

「給你，我愛了一輩子的你」

他略微驚訝，很快就想到這也許是一張生日卡，但是，她不是應該寫「我會愛一輩子的你」，而不是「我愛了一輩子的你」嗎？

他掂了掂那封信，沉甸甸的，倒不像生日卡。

他好奇地拆開信，這封信大約有三十多頁。他認得是她的字跡。

他收過許許多多女人寫給他的情信，他通常只瞄一眼就丟在一邊。他從來不需要這些紀念品。

但是，這一封，他嘴角一咧，泛起微笑，很認真地看。

信生：

你記不記得你曾經對一個青澀的少女說過一句話？你說，你不相信愛情，因為你不相信自己。

他的目光驚住了，又再一次看向畫室那邊。那兒沒有聲音，只有日頭的微光穿過飄蕩的窗簾在木地板上流動。

他只好收回目光，繼續讀著手上的信。

那個少女是我。

不是現在的我，也不是這兩年來一直在你身邊的我，而是二十二年前的我。

你一定不認得我就是那個少女吧？

因為，過了二十二年，我竟然沒有長歲數。

不要驚訝，我正打算把一切都告訴你。

我終於可以向你說出這個故事了。

你知道我從不想對你說謊。

我的靈魂將會裸露在你面前。

這一次，他的目光不安地投向睡房，那兒悄然無聲。

他換了一個姿勢，把信讀下去。

2

你還記得一個叫夏夏的女孩子嗎？

你追求過她。

天哪！我多麼希望你已經想不起她是誰，就像你忘了所有跟你有過露水情緣的女人那樣。

她是我的同學。

那一年，我們都只有十七歲，正值青春美好的年紀。

我是個孤獨的孩子，父母在我很小的時候就已經分開了。我跟著當麵包師的父親一起生活。他都是半夜起床出門工作，第二天早上才回家。

Sauve-moi 救救我！

精采內容，先讀爲快

「小心！」
茱麗葉頓時煞住了腳步。山姆的車子與她擦身而過，這個法國女人生平以來頭一遭感受到死亡的氣息不懷好意地在身邊環繞。
那輛四輪傳動的休旅車在急速中失控地衝上了人行道，在一陣刺耳的煞車聲裡停了下來。車子居然沒有撞到任何人，簡直是奇蹟。
「你這個瘋子！殺人犯！」雖然知道自己對剛才發生的事也該負起責任，不過茱麗葉還是對著肇事司機的方向大罵了起來。
這兩秒鐘裡，茱麗葉的血脈賁張到幾乎要爆炸的地步。
和平常一樣，她仍舊是一副心不在焉的模樣。看來這個城市完全不是爲了夢想家而建造的，處處有險境，到處都是危機……
「該死！」山姆喊道。
這一次，他眞的嚇到了。就在兩秒間，竟然會有如此大的轉變。人們總是在如臨深淵的情況下生活著，這一點山姆比誰都還要清楚。不過發生這種事，任誰都免不了心驚膽顫。
火速跳出車外的山姆一把拾起鄰座上唾手可得的醫療包。
「還好嗎？妳有沒有怎麼樣？我是醫生，可以爲幫妳檢查，或送妳去醫院。」
「不要緊，我沒事。」茱麗葉請他放心。
山姆伸手扶她，幫她站起來，茱麗葉第一次抬頭望向山姆。
前一秒鐘她還不存在，剎那間，她居然就在他眼前。
「妳確定一切都沒問題嗎？」他很不好意思地再問了一次。
「沒問題。」
「要不要去小酌一杯壓壓驚？」
「不用了，謝謝。」茱麗葉回絕了他的邀請。「不用麻煩了。」
山姆試著說服她：「拜託妳，請給我一個道歉的機會。」
山姆指著萬豪酒店壯觀的門面，那是一棟在時代廣場西側居高臨下、充滿未來風格的建築物。
「我把車停到酒店的停車場，馬上回來。妳可以在酒店大廳等我嗎？」
「好。」
山姆向他的休旅車走了幾步，雖然已經開始走路，但他竟突然轉過身來，回去向茱麗葉自我介紹。
「我叫山姆．葛若維。」他說。「我是醫生。」
茱麗葉看著山姆，一股渴望被愛的期待籠罩住她，在她開口說話之際，就知道自己做了件蠢事，但已經太遲了。
「幸會，我是茱麗葉．波蒙，我是律師。」
不顧嚴寒與蕭瑟的冷風仍舊緊緊包圍著城市，酒店門前仍有川流不息的人潮，人人行色匆忙。茱麗葉在大廳待了好幾分鐘，她看著像是在演出芭蕾舞劇般的計程車以及長型禮車，載來了許多穿著西裝禮服和晚宴服的男男女女。山姆從停車場電梯的方向走了過來。
憑藉著五十層樓高的玻璃牆與水泥建築，萬豪酒店是曼哈頓的第二大旅館。茱麗葉從未踏入這間酒店，當她走進了挑高四十層樓的巨型中庭時，忍不住睜大了雙眼。耀眼奪目的照明讓人剎那間忘了自己其實置身於寒冷的隆冬。
茱麗葉隨山姆踏上往三樓的手扶梯。他們一起走進其中一座宛如太空艙的透明電梯，感覺就像要貫穿整棟大樓，往上凌空飛去。山姆按下第五十層樓的按鈕，他們便展開了通往頂樓的暈眩之旅。
在這段期間，兩人都不發一語……
我爲什麼要請這個女孩？山姆心想，覺得似乎有點應付不了這種局面。
「妳來紐約工作嗎？」
「對。」她用一種想讓自己心安的聲調說著。「爲了來開一個跟法律有關的會議……」
眞該死，我幹嘛要說自己是律師呢？這簡直是給說謊的我最好的教訓！
「妳會在曼哈頓待一陣子嗎？」
「我明天晚上就回法國。」
至少，這不是個謊話！
到了第三十一層樓時，茱麗葉才稍稍傾身向玻璃窗面下望了一眼，馬上覺得暈頭轉向，就像她被懸掛在半空中。
喔哦……現在可不是吐的時候。
電梯在餐廳的前庭門口開啓，有位女服務生過來拿他們的大衣外套，並替他們帶位。
可以眺望城市全景的吧台幾乎佔了酒店頂樓的一大半。他們運氣不錯，今晚餐廳的人不多，居然還能找到一張正對窗戶的桌子坐下，足以把紐約市的美景盡收眼底。
整間餐廳都沉浸在柔美的燈光下。小表演台上有個年輕女子，邊彈鋼琴邊以戴安娜．克瑞兒的爵士樂演唱方式唱出一首首優雅動聽的抒情歌曲。
茱麗葉看著菜單，隨便什麼東西都貴得教人咋舌。山姆選了一杯不甜的馬丁尼，茱麗葉則挑了一杯以伏特加酒、越桔汁及綠檸檬汁調的雞尾酒。餐廳的氣氛是如此祥和，茱麗葉卻無法放鬆，因爲有樣東西叫她坐立不安。忽然間，她發現原來是整棟建築物在緩緩移動！
山姆發現了她的侷促不安。
「吧台在轉。」山姆笑著解釋。
「怎麼會這樣？」

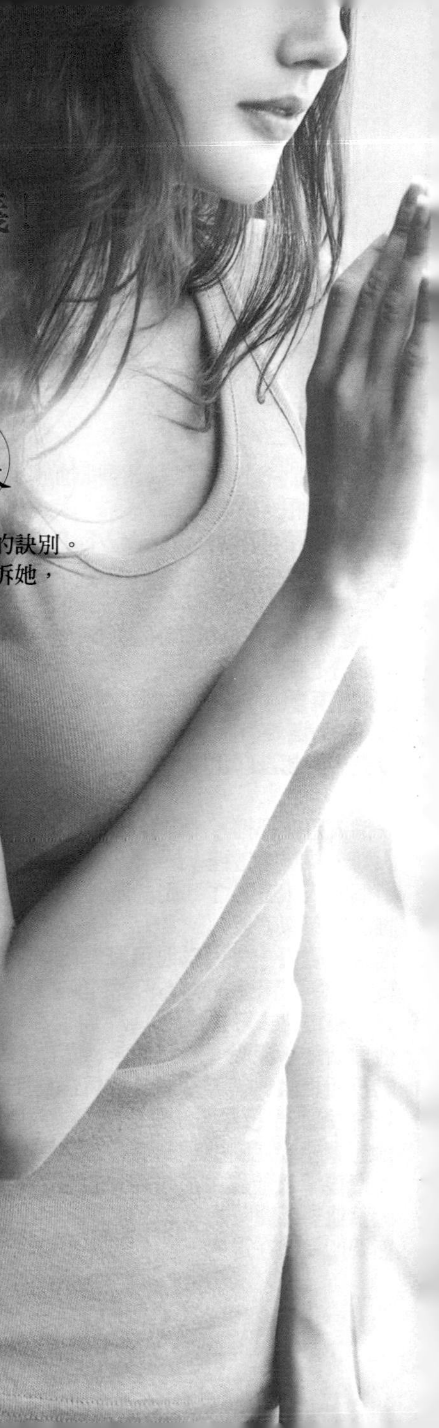

關於作者

最溫柔的法式療癒天王

Guillaume Musso
紀優·穆索

一九七四年出生於法國南部的安堤布。十歲愛上閱讀，從此決定要成爲小說家。十九歲時到美國生活數月，立刻愛上紐約。期間在冰淇淋店打工，認識了來自世界各地的人，在回法國的路上，他的腦袋裡已經裝滿無數的寫作靈感。他在尼斯大學取得經濟學位後，繼續攻讀環保科學。他目前是高中老師，教授經濟學與社會科學。

二○○四年，穆索出版了第一本小說《然後呢…》，即以新人之姿在法國書市締造了上百萬冊的驚人銷量！然而穆索的成功不僅於此，繼而推出的《救救我！》、《你會在嗎？》、《因爲我愛你》、《我回來尋覓你》、《我怎能沒有你？》均贏得法國讀者的衷心喜愛，屢屢空降暢銷排行榜的龍頭寶座。二○○七年，穆索榮登法國十大暢銷作家之列，二○○八年更晉升法國暢銷作家的前五名。

穆索的作品總是洋溢著一貫的療癒特質，故事背景則常設於他喜愛的紐約，創造了其獨特的融合了懸疑與溫暖的現代風格。作品至今已被翻譯成二十六種語言，總銷量突破六百萬冊，除《然後呢…》已被改編拍成電影「今生緣未了」外，《你會在嗎？》、《因爲我愛你》亦已受到電影公司的青睞，即將躍上大銀幕。

這本小說很危險！一旦打開後，
不看到最後一頁無法離開！

Et Après
然後呢…

他對她的愛是如此永生不渝，
但這一次，生命的擱淺變得更加難解，
除了勇氣，他還需要更多的奇蹟……

話題電影「今生，緣未了」暢銷原著！
打敗《刺蝟的優雅》！
法國熱賣突破150萬本！
雄踞暢銷排行榜超過160週！

Guillaume Musso
紀優·穆索

最深情的Musso作品 · 即將陸續推出

你會在嗎？Seras-tu là ?

一個簡單的舉動就足以改變一切！誰不曾夢想過回到過去那個尚有可能得到幸福的關鍵時刻？艾略特是個熱愛工作的醫生，他始終思念著心愛的女人伊蕾娜，但她在三十年前就已過世了。有一天，一場奇特的際遇讓他回到過去，見到了三十年前的自己。他回到那個關鍵的時刻，只要一個舉動就可能救回伊蕾娜。並從此改變他的命運……

2009年11月出版

因爲我愛你
Parce que je t'aime

五年前，萊拉在洛杉磯的購物中心離奇失蹤，她的父母沉浸在失去愛女的痛苦中，最終宣告仳離。五年後，萊拉竟在同一間購物中心被人發現，卻變得出奇沉默。家人團聚雖然值得慶幸，但萊拉這段日子究竟人在哪裡？和誰在一起？還有，她又為什麼回來……

2010年3月出版

妳的眼裡充滿了熊熊火燄，彷彿像要點燃大海。
而我從妳眼裡讀到的訊息遠超過了這一切，
那是請求援助的吶喊：**救救我！**

懷抱著百老匯夢想卻不得志的巴黎女孩茱麗葉、
始終走不出喪妻之痛的醫師山姆，除了同樣的失意和緊閉的心扉，
山姆和茱麗葉可說是兩條平行線，更別說有相愛的可能。

但在什麼事都可能發生的紐約，他們相遇了。
熱烈的愛戀是如此讓人措手不及，因爲害怕受傷，
茱麗葉謊稱自己是律師，山姆則騙她自己已婚。
在茱麗葉即將回到巴黎的前夕，山姆提議共度這最後一個週末，
等茱麗葉回到巴黎，彼此就再也沒有任何牽扯。

無法收拾的情感在彼此心中蔓延，當離別的時刻到來，
也許只要一句話，就能讓兩人的未來大不相同，
但山姆和茱麗葉卻都沒有開口，
眼睜睜地看著對方消失在茫茫人海中。

半個小時後，教人驚駭的消息從天而降：
茱麗葉所搭乘的飛機在空中爆炸了！
山姆瞬間掉入無盡悔恨和感傷的深淵，但他不知道的是，
他們的故事，其實才剛要開始……

療癒天王穆索以《然後呢…》掀起一股法式愛情新浪潮後，
《救救我！》再度帶領我們面對愛與生命的抉擇。
本書在法國甫出版即登上暢銷排行榜第一名，
更已熱賣超過一百一十萬本，所向披靡！
穆索以一貫優美的文筆、懸疑的情節和神祕的氣氛，
讓無數讀者一讀之後便驚豔不已，
也難怪穆索能成爲法國當前最炙手可熱的五大暢銷作家之一！

像我這樣的孩子總是渴求感情的。
在遇上你之前，我僅僅懂得的一種感情就是友情。
直到如今，我始終不明白我跟夏夏為什麼會成為那麼要好的朋友。
她跟我是兩個完全不同的人。
她家境好，是父母的掌上明珠，人也長得漂亮，好勝，多情，男朋友一個接一個，還有一大群護花使者像小狗一樣在她腳邊廝磨。
有許多年的時間，我們幾乎天天黏在一塊，彷彿有永遠說不完的話題。
她喜歡把她那些風流韻事都跟我說。
我見過她每一個男朋友。只要她伸出手臂，這些男孩子就會像鴿子一樣紛紛飛向她的掌心，等候她用愛情去餵飼他們。
然而，她總是很容易愛上一個人，也很容易就厭倦了那個人，然後把他們像隻死鳥一樣丟開，生怕會弄髒自己的一雙手。
不過，她有時候還是會略微感傷地為這些死鳥淌下一兩顆眼淚，用淚水

moelleux

的花瓣埋葬他們。

愛情對她來說，是一種玩意。

事隔多年，我才發現，她跟你是多麼的相似啊。

只是，你結束得比她仁慈和高尚。你從不折辱別人，你從來不想傷害女人。

可是，夏夏比你殘忍。她有時候好像還嫌那些死鳥不夠可憐似的。

有好幾次，跟一個男人分手之後，她會跟我說：「不如我叫他追求你好嗎？他人真的很好，只是不適合我。只要我開口，他一定會聽我的話。」

你可以想像，當我聽到這些話時，我是多麼的生氣。她不要的東西，卻想當成禮物一樣送給我。這樣做並不是為了我，而是把那些男孩子永遠留在她身邊，隨時聽候她的召喚差使。

要是有一天，那個男孩子真的愛上了我，她可以一直跟我說：

「他原本是喜歡我的啊！」

但我從來沒恨她。

她是我最好的朋友。我太了解她了，當你如此了解一個人，你便不會恨她。

可惜，她從來不了解我。

我是個內心很驕傲的孩子。

我看不起她愛上的那些男孩子，他們不是家裡有個錢，就是沒個性，沒品味，也沒格調的黃毛小子，或者跟她一樣，把愛情當作青春的遊戲來追逐。他們愛的不過是她的身體，她卻從不知道。

那些男孩子，放在一個銀盤子裡送來給我，我也不要。

直到一天，她對我提起你。

3

「他長得好帥啊！有這麼高呢！」她仰起頭，指尖伸向天花板，用手比劃著。

然後，她收回那隻手，說：

「他女朋友可多呢！我一定要把他弄到手！我要他迷上我！」

「妳是說要他死在妳腳下吧？」我丟出一張梅花Ａ，笑著揶揄她。

那天晚上，我們兩個趴在她睡房那張彈簧床上玩著撲克牌。那時候是學校暑假。

只要我跟爸爸說一聲，隨時都可以在她家裡過夜。

她重新洗牌時，嘛嘛嘴說：

「不過，他就是老了一點。」

「他很老嗎？」

「二十五歲……比我整整大了八年。」

我禁不住嗤的一聲笑了出來。

那時候，圍繞在她身邊的男生都是跟她差不多年紀的，頂多只比她大一兩歲。

對於年方十七的女孩子來說，二十五歲的男人，原來已經是個老男人了。

「我怕我跟他會有代溝呢。」她洗著那副撲克牌說。

「妳一直都在洗牌，妳到底派牌不派啊妳？」

「現在不是派給妳嗎？我到底怎樣才可以讓他迷上我啊？」

我一邊看牌一邊說：

「這方面妳不是專家嗎？我還以為他已經迷上了妳。」

沒想到我這句話刺激了她，她靈機一觸，興奮地說：

「他是建築師，數學一定很棒！我可以問他數學，就說我不會做！他那天給了我一張名片。」

她說完就丟下手裡的牌，跳下床去找你的名片。

「現在是暑假啊！」我沒好氣地說。

「我做暑期作業嘛！」

「找到了！」她拿著你的名片，在書桌上找了一本數學課本，把電話抱到床上。

我看看鐘，說：

「現在可是星期五的夜晚十一點鐘，他還會在辦公室裡嗎？」

「不試試看怎麼知道？」

她這人總是想到就做。

電話接通了。

沒想到，你竟然還在辦公室裡。

你接了那通電話。

她朝我擠擠眼睛，對你說：

「你是喬信生嗎？」

那是我這一生頭一次聽到你的名字。

「我是夏夏。那天我們在派對上見過面的。你記得我嗎？」

你大概是在那一頭說了幾句話吧。

她有點得意地用手掩著話筒，壓低聲音跟我說：

「他記得我。」

我無聊地洗著那副撲克牌。這個世界上，好像從來就沒有見過她一面而不記得她的男人。

所以，我並不覺得驚訝。我唯一感到驚訝的，是她看上的男生之中，竟有一個人是會星期五晚上還留在辦公室裡工作的。

然後，她一派天真地跟你說：

「是這樣的，我有幾題數學不會做，可以請教你嗎？」

你在那一頭又說了幾句話。

這一次，她沒看向我，撇撇嘴，提高了聲線說：

「那好啊！你明天打給我。反正我也不急。」

掛線之後，她悻悻地說：

「哼，他說他正在忙，明天打電話給我。」

我幾乎忍不住笑了出來。

你是第一個沒有在她伸出手時馬上朝她飛來的男生。

那一刻，我不禁想，也許，你跟其他男生是不一樣的。

然而，我很快就開始鄙視你。

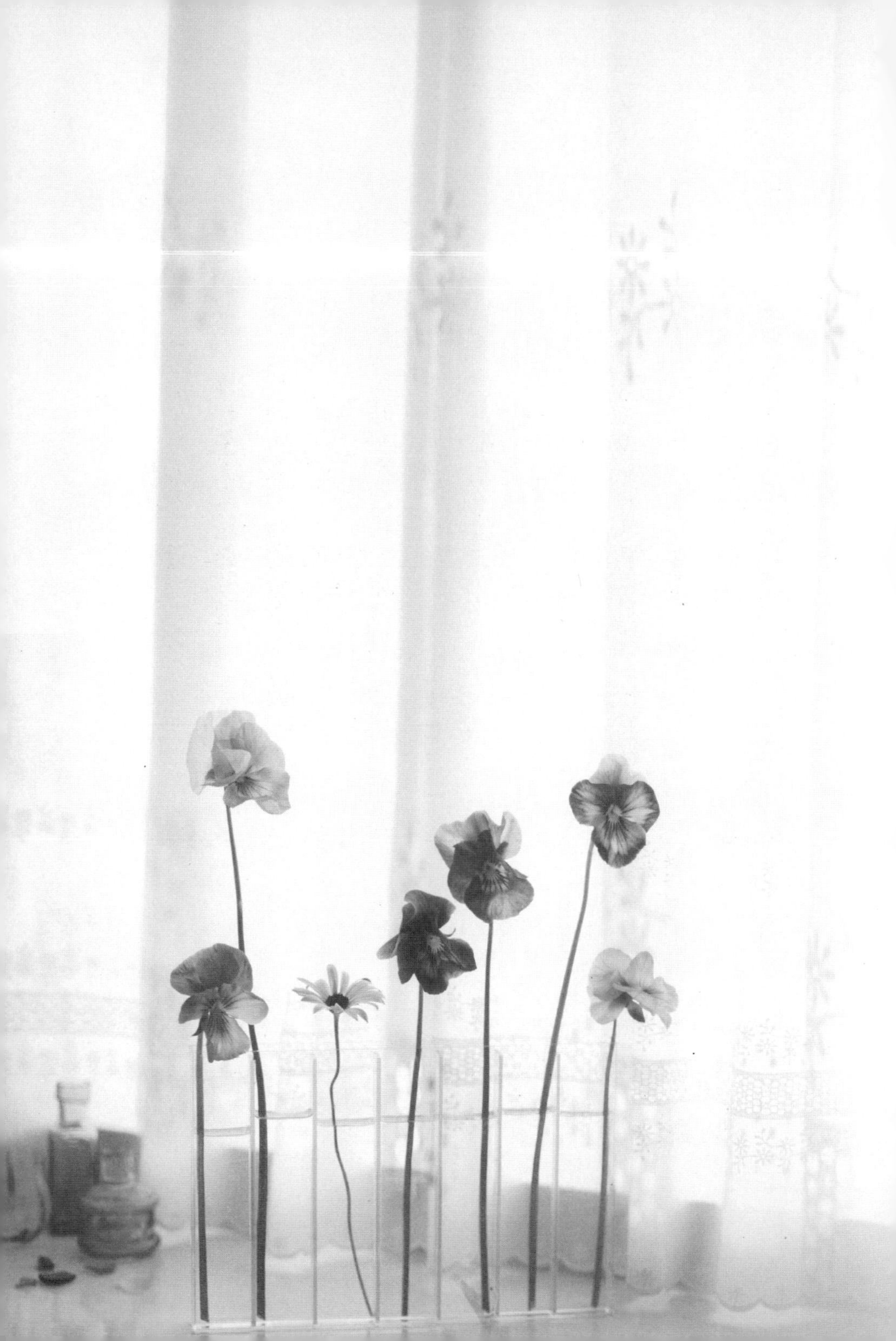

4

因為，你的高傲只維持了短短的一天。

第二天，你主動給她電話。

她穿了一件領口開得很低的衣服，帶著數學課本出去赴你的約時，揚揚下巴，跟我說：

「看我待會怎麼懲治他昨天冷待我！妳等我！我很快回來喔！我一問完功課就走，丟下他一個人！他一定想不到我會這樣！」

結果，那天她很晚才回家。

她回來的時候，一臉容光煥發，把你們頭一天約會的每一個細節都告訴我。

她覺得她已經把你迷倒了。

我說過我看不起那些愛上她的男生。

那一刻，我鄙視你。

我認為你就跟那些圍繞在她身邊轉的男生沒有兩樣，只是比較新鮮罷了。

然後，你們開始約會，你很快就成了她口中的男朋友。

你對她來說，就像一件新的玩具，她急不及待想要向我展示和炫耀一下。

一天，她拉著我去見你。

「我帶你去看看信生的房子，那是他自己設計的呢。然後，我們等他回來一起去吃飯。」

我就這樣給她拉了出來，身上連一件像樣的衣服都沒有，難怪你那天根本沒注意我。

說到這裡，你應該會記起那個叫夏夏的女孩，還有她身邊那個看來像灰姑娘的我吧？

你甚至從來不知道我的名字。

5

信生，早在二十二年前的一天，我已經來過你現在住的這間公寓了。

只是，當時的我，怎會想到，時光消逝，睽別了漫長的日子，我會重來，成為這間公寓的女主人，在無數個無眠的半夜裡，幸福地傾聽你酣睡的鼻息。

這曾經是多麼遙不可及的痴想？

那天的一切，歷歷如繪。

我被夏夏硬拉了出來，跳上一輛計程車。車子抵達你在貝露道七號的住處。

我下了車，抬頭一看，那是一幢六層樓高的灰白色水泥房子，很有些年紀了，也許比我和夏夏的歲數加起來還要老一些。

我們踏上大門的幾級台階，進去樓梯大堂。

那道寬闊的樓梯是用灰色的水磨石鋪成的，扶手也一樣，摸上去一陣冰涼。

那時候，我並不知道，後來有多少個夜晚，我孤零零地坐在這些冰冷的樓梯上等你回來。

「真不明白他為什麼要住這兒！連電梯都沒有！」夏夏一邊走一邊咕噥。

我們終於爬上了四樓。

「到了喔！」她邊喘氣邊說。「下一次，我要他抱我，我才肯上來！」

我按了門鈴，你的老傭人來開門，很恭敬地喊了一聲：

「夏小姐！」

她讓我們進屋裡去，告訴我們，你還沒回來。

「我們等他好了！」夏夏說。

一進屋裡，我就呆了。

我從沒見過這麼美的房子。

雖然知道你是個建築師，但我總是帶著偏見的認為，一個會追求夏夏的建築師不會很有內涵。

但我錯了。

鋪上木地板的屋子天花板很高，牆壁素淨，一張米白色的長沙發擱在偌大的客廳中央，旁邊擺著一張底座很低的扶手沙發椅。

這是你最鍾愛的一張椅子。它陪你許多年了。

你現在也是坐在上面讀我這封信吧？

那天，首先把我的目光吸引住的，是客廳牆壁上那張色彩絢麗的油畫，畫中的年輕女人擁有一張性感紅唇和金紅色的頭髮，身穿繽紛的舞衣和黑色長襪，手托著腮，活潑地凝視遠方。她身邊被萬花筒一般的顏色包圍著。

我駐足在畫前，望著畫中的女人。畫中的女人好像也看向我，畫裡那些斑斕的顏色在我眼睛周圍會顫動似的。

「我問他幹嘛把女人畫成一塊塊色斑似的！」夏夏在我身邊冒出來說。

「這畫是他畫的？」我吃了一驚。

「嗯！我問他這畫裡的女人是誰，是不是他的舊情人，妳猜他怎麼回答？」

「那是他舊情人嗎？」

「他說呀，這既不是任何一個女人，也是任何一個女人！」

我笑了。

當天的我，只覺得這張畫很美，我沒想到你會畫得一手好畫，心中不期然對你生出愛慕。

直到後來的日子裡，受盡對你思念的折磨，重臨舊地，再一次看到這張畫時，我才知道我一直不了解你。

畫中的女人的確如你所說，既不是任何一個女人，也是任何一個女人。你的日子是所有女人拼湊而成的。

她們都年輕，漂亮，活潑，快樂，像萬花筒裡的色塊那樣，點綴著你的生命。

不回望過去，只愛眼前的歡愉，追逐燦爛的青春與浮華，手托著腮，懶懶地嘲笑別人那些一輩子的承諾與深情，沒有憂愁，沒有傷感，沒有牽掛，只有遊戲人間的眼神。

要是我早一點知道，後來的那個晚上，我不會傻得以為我純真的眼淚會打動你。

我會跟你一樣，跟你畫中的女郎一樣，對你表示，我多麼的輕蔑愛情。

這樣的話，我也許會得到你。

可是，年輕總是會犯錯的吧？

何況，那時候我只有十七歲。

當夏夏坐到窗邊喝茶的時候，我的腳步移向客廳那一排佔了一堵牆，從底到頂的書櫃。

你擁有許多許多的書，我好奇地看看你都看哪些書，有建築，藝術，文學，還有其他很多，都是我沒看過的。

我從小就愛書，一下子看到那麼多書，我滿懷仰慕，摸摸這本，也摸摸那本。

這時，我心裡苦思著：你到底是個什麼人啊？那麼有學問，那麼有才華，卻竟會喜歡像夏夏這樣的女孩子，她幾乎都不看書。

那一刻，我的自尊心和嫉妒心告訴我，這裡的一切，那張畫，那所有的書，唱片架上的古典音樂和客廳一角那一台黑亮亮的鋼琴，都不過是你用來裝模作樣，哄騙女孩子的。

我想要證實我的想法。於是，夏夏好幾次催我過去喝茶我都沒理她。

我忙著窺伺你。

我把書架上的書一本一本抽出來看，看看它們是不是用來裝飾的，你根本連看都沒看過。

但是，我又再一次錯了。

我隨手拿起的每一本書，都有翻過的痕跡，其中一些，甚至給你讀過許多遍，已經有捲角了。

要是這一切是屬於一個其貌不揚，戴著一副千度近視眼鏡的男生，我也許還能理解。

但是，夏夏一直說你長得很帥。

「他怎麼還不回來啊？」夏夏在那邊嚷著。

我已經離開書架，透過半掩的門窺看你的睡房。

我看到一張床的一角，鋪上了米白色的床單，床邊擺著一雙黑色的拖鞋，你的拖鞋。

我又窺看你的書房，裡面的書更多了，用來畫圖的一張木桌上堆滿了一捲捲的圖則。

我突然明白，夏夏頭一次打電話給你的那個星期五晚上，你說你正忙著，並不是故意吊她胃口，你是個很投入工作的人。

「他回來了！」夏夏突然說。

我心裡一顫，轉頭看過去。我沒看見你。

我看到的是她的背影。

這時，她已經從窗邊的椅子站了起來，看向窗外，好像看到了某個人。

我走過去，擠到她身邊，想看看你，卻沒看見。

你已經進了公寓的大堂。

我錯過了你。

夏夏轉過頭來，臉朝我很得意地笑了幾聲，說：

「嘿嘿，只有我一個人看到！」

那不過是一句孩子氣的說話，然而，在後來的記憶裡，那句話一直都是酸酸的。

所以，這兩年來，我總愛站在這扇窗子前面，等你回家。

當我看到你回來，我會傻氣地跟自己說：

「嘿嘿，只有我一個人看到！」

這麼做，彷彿是一個小而甜蜜的勝利似的。

夏夏說完那句話，飛快地躲到大門後面，朝我使了使眼色。

她想在你進屋裡來時嚇你一跳。

她示意我過去，我卻只懂緊張地杵在窗邊。

這時，門從外面打開。我終於看到了你。

夏夏被擋在門後面。

你沒看到她。

你看到的只有我。

你驚訝的目光投向我，似乎正在心裡想：

「這女孩是誰？為什麼會在這裡？」

那時那刻，雖然只是短短的一瞬，整個世界，就只有我和你。

6

夏夏說你長得很帥。

她錯了。

你長得比她形容的還要帥，比我想像的還要帥。

我以為你就跟她從前交往過的那些男生一樣，雖然長得漂亮，要不是像吃軟飯的小白臉，就是在女人堆中長大的粉雕玉琢的公子哥兒，沒有半點男子氣概，在路上不小心摔一跤說不定也會哭著找媽媽。

你不一樣。

你是個男人。

你當時的樣子還是跟現在一樣。

歲月特別厚待你，沒有在你身上留下痕跡。

雖然你總是對我說：

「我老了啊！我比妳大二十五年！」

然而，在我心中，你從來沒改變，始終是那時那刻，我第一眼就愛上了的人。

你那天穿了一套深藍色的西裝，白襯衫最上面的兩顆鈕扣鬆開了，領帶拿在手裡，應該是你上樓梯時脫下來的。

你修長挺拔，一頭濃密黑亮的清爽短髮，臉上帶著活潑生動的神情，英姿凜凜。

你拿領帶的動作多麼瀟灑，你的微笑多麼迷人。

有一秒鐘，你那深邃的黑眸好奇地看向我。

那是一雙多情聰明又複雜的眼睛。

多年來，我一直看不透這雙眼睛。
對一個十七歲的女孩來說，這一刻好比永恆。
我像著了魔似地看著你。
我也突然意識到我這天的打扮多麼寒傖。
我臉色蒼白，瘦骨伶仃。
我的短黑髮總是固執地翹起。
我身上的薄裙子是舊的，看來十足像安徒生童話裡那個賣火柴的女孩。
你又怎會像我愛你一樣愛上我？
「我在這兒！」
這時，夏夏從門後面跳出來，親暱地勾住你的手臂。
你的目光全部轉向她。
「人家等你很久了啊！」她對你撒嬌。
你朝她含情地笑。

你總是這樣對你身邊的女人笑。

「這是我同學西西。」

西西是我的洋名。我本來的洋名是西西莉亞，但是大家都習慣了叫我西西。

你從來就不知道我的本名，你也沒問過我，就好像我跟其他女孩一樣，只是個過客。你也許認識許多叫西西的女孩。

幸好你從沒問過，因此，二十年後，我可以用我的名字莊寧恩。

你以前根本沒聽過這個名字，不知道我曾經是西西。

夏夏給你介紹之後，你走向我，朝我微微一笑，說：

「妳是西西？」

我本該回你一個微笑，可我卻被你銷魂的目光迷住了，扭扭捏捏地窘紅了臉，說不出一句話。

夏夏得意地對你說：

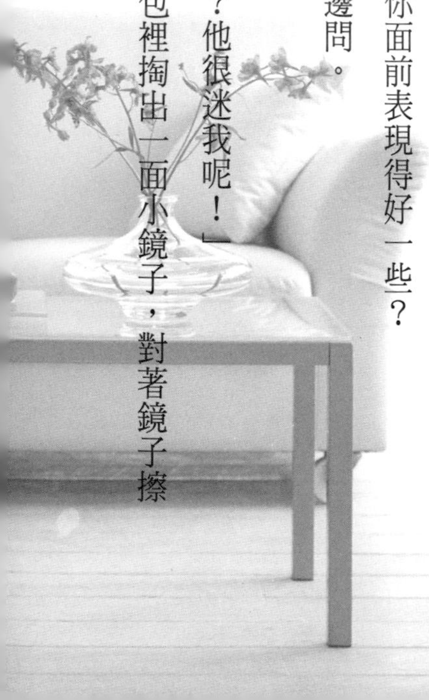

「我們兩個加起來就是西夏王朝！很強大的呀！休想欺負我們！」

你咯咯地笑了，說：

「那就是蠻夷了！後來還給成吉思汗滅了！」

「對！我們是野蠻人，我們要吃飯啦！我肚子都餓得貼了背啦！」夏夏嚷著。

你甜膩地說：

「對不起，要兩位小姐等我，我去洗把臉就來！」

你沒有再多看我一看，逕直走進房間裡去。

我多麼恨我自己啊！我為什麼沒有在你面前表現得好一些？

「你覺得他怎樣？」夏夏小聲在我耳邊問。

沒等我回答，她接著說：

「他是不是跟我以前的男朋友不一樣？他很迷我呢！」

說完之後，她走到長沙發那邊，從皮包裡掏出一面小鏡子，對著鏡子擦口紅。

我從來就沒這麼妒忌過她！

那一刻，我甚至傻得害怕她會嫁給你。

我多傻啊！你根本不會結婚，不會被任何一個女人束縛。

但是，那個時刻，我還不了解你。

我突然有一股衝動，想從你那兒拿走一樣紀念品，它是屬於你的，是你的手撫摸過的，讓我可以欺騙自己，用另一種方式去親近你。

7

我想也沒想，就從你的書架上抓起一本書，連那本是什麼書都沒看清楚。

我幾乎是顫著聲音跟夏夏說：

「我可以跟他借一本書嗎？這本書我沒看過。」

「好喔，待會我問問他。」

她掀開了那台鋼琴，手指在黑白琴鍵上隨意彈了幾個音符。

這時，你從房間裡出來。剛洗過臉的你，臉龐兩邊的頭髮有點濕濕的，看來像個好動的孩子。

「我很久沒練琴了。」夏夏說。

「這鋼琴你會彈嗎？還是用來裝飾的？」

你沒說一句話，坐到鋼琴前面，手指在琴鍵上翻飛徘徊，是如此的專注，如此的動人。

從那一秒鐘起，我永永遠遠地愛上你了。

我也開始恨你。

你那麼有內涵，卻追逐沒有內涵的女孩子。

你那麼有才華，那麼有學識，卻也沉溺逸樂，戀慕女色。

你對工作認真，卻又玩世不恭，浪擲愛情。

每一面都是你。

你這個混世魔王！

「西西想向你借一本書。」夏夏對你說。

「妳喜歡王爾德？」你看了看我緊緊捏在手裡的那本書。

我只懂窘困地點頭。

「借我的錢不用還，借我的書要還啊！」你朝我微笑，很認真地說。

「我會還你的。」我回答你。

信生，這二十二年前的一天，你記起來了嗎？

每一個細節，我都記得。

為什麼要讓我在那天遇上了你？要是沒有遇上你，也就沒有以後漫長的思念折磨。

我也許會過著比現在幸福的人生。

然而，要是有人敢把這一天從我生命中拿走，我是會使盡最後一口氣，狠狠咬住他的手臂，要他放手還給我的。

8

那個夜裡，我挨在我的窄床上，抱著你讀過的那本書，一直讀到天明。

那一刻，它是屬於我的。

書頁已經有些泛黃了，我想像你是在很久以前，也許是在我這個年紀的時候就已經讀過這本書。

書的主角名叫格雷，是個美男子。

書是我急急地從你的書架上抓起來的，在那浩瀚的書海裡，為什麼偏偏讓我拿到王爾德這本《格雷的畫像》，而不是別的書？

直到二十年後，我才明白，這是我擺脫不了的命運。

命運和偶然的分別，是命運早已埋下了伏筆，我們卻往往要等到許多年後，猛然回首，才驚覺那深沉的一筆。

9

因為你，從那天起，我也愛上了建築，愛上了藝術，愛上了古典音樂和蕭邦。

我常常去圖書館借讀這些書。

即使不明白，我還是一讀再讀，沉醉其中，想成為你喜歡的女人。

本來只聽流行曲的我，一頭栽進古典音樂裡。

我用零用錢買了我第一張蕭邦鋼琴曲。

我們邂逅的那天，你彈的就是他的《夜曲》。

我是如此戀慕你，你戀慕的卻是夏夏。

你和她很快就打得火熱。

我常常渴望她跟你約會時也帶著我去，那我便可以見到你。

可是，每次見到你們打情罵俏，我又好恨自己為什麼會在那兒。

一天晚上，我穿上了我最好的一襲裙子去見你。

那天是你有份設計的一幢旅館揭幕，開幕派對在旅館頂樓的法國餐廳舉行。

我早在兩星期前就聽夏夏提起過，我央求她帶我去見識一下。

為了要她答應，我那陣子甚至千方百計討好她。

終於，她答應帶我去。

我始終不知道那是你的主意還是她的主意。

那一天，我們不是三個人，而是四個人。

杜林也來了。

你是擔心他一個人落單，把我塞給他嗎？

你竟然這樣浪擲我對你的愛慕？

杜林是個善良的人，是跟你最好的舊同學。

可他跟你太不一樣了，他穿著寒酸，一副落魄相。

不過，說真的，那天，他跟我實在太匹配了。

那天晚上，我出現時，夏夏一見到我一身的打扮，就忍不住放聲笑了出來：

「妳為什麼穿成這樣？早知道我借一襲裙子給妳吧！妳為什麼不問我？」

那天，她打扮得真漂亮，像個公主似的，我卻像個沒見過世面的清貧女學生那樣跟在她身邊。

你並沒有像她那樣嘲笑我。

你愛天下間的女人，因此，你對女人總是溫柔寬容的。

但你也沒跟我跳舞。

我眼看著你跟夏夏在餐廳的圓形舞池裡一支舞接一支舞的跳，眼看著你們的身體糾纏在一起，眼看著她不時跟你喁喁細語，我好恨我自己。

我為什麼要來？

我緊緊咬著嘴唇不讓自己哭出來，但我的淚水卻早已經濕了眼眶。

幸好，餐廳裡的燈光很暗，你沒看到我的眼淚。

然而，坐在我身邊的杜林，這個落寞的男人卻比你看得清楚，他好像感覺到了。

他努力逗我說話，好像知道我在傷心。

也許，他已經見過太多女孩子為你傷心了。

但我哪有心情理他？我隨便敷衍了他幾句，就把他擱在一邊。

被我冷落的他，終於無話，一杯接一杯酒灌下肚裡。

等你和夏夏的舞跳完，他也醉了。

後來，你開車送我們回家，順路先送他。

車子在黑夜裡飛馳，夏夏不停地跟你說著話，她那天玩得很開心，覺得自己在派對上出足了風頭。

我不想跟她說話，只好裝累，頭抵住車窗，默然無語，眼睛卻一直偷看你的側臉。

這張複雜的臉，我是可以看一輩子也不會厭倦的。

杜林醉茫茫地歪倒在另一邊車門上。

我一直在想，他跟你到底是什麼關係啊？

你說他是你大學同學，那麼，他也是唸建築的吧？為什麼跟你那麼不同？你們卻好像很親。

那時的我，也許不了解際遇這回事，但我看得出感情這東西。

這是我的天賦。

車子在一幢破舊的公寓對面停下，這兒跟你貝露道的公寓真有天壤之別。

你下了車，跟我和夏夏說：

「我很快回來！」

接著，你打開後面的車門，把醉醺醺的杜林扶了出去。

「要我幫忙嗎？」我問了一聲，幫著你把他推出去。

他可重了。

你朝我微笑搖頭，回我說：

「不用了。」

那微笑多麼溫存。

吃力地把他拉了出去之後，你將他的手臂搭在你肩膀上，輕輕把車門關上。

我的眼睛一直追隨著你的背影。

這時，夏夏不高興地說：

「最討厭酒鬼！」

「我出去吹吹風。」我說著走下車。

我站在車邊，靜靜地望著你。

那是我獨享的一段時光。

你扶著杜林走過對街，兩個人顛顛簸簸的，肩膀搭著肩膀，竟然快樂地大聲唱起歌來。

我又看到了你的另一面。

一瞬間，我禁不住笑了，整個晚上被你冷落，整個晚上的痛苦，這一刻，好像都得到了些許補償。

你和他終於走到他住處的台階上，就在這時，我看到你掏出錢包，抽出幾張鈔票，悄悄地塞進他的口袋裡去。

你的動作是如此的不經意，如此的為人設想，他好像都不知道。

要等到他明天宿醉後醒來，他才會發現口袋裡有錢。

我後來才知道，你一直都是這樣接濟你這位失意潦倒的舊同學。

信生，你對男人還是比你對女人長情啊。

當你轉身走回來的時候，我連忙鑽進車廂裡。

你輕輕鬆鬆地自個兒哼著歌，穿過馬路，朝我們走來，打開車門，瀟灑地說：

「走吧！」

順著那條路走的話，應該是先送夏夏回家的。

但是，每一次我們三個人出去，不管走哪條路，你總是先把我送回去。

我多麼渴望有一天，在你身邊待到最後的是我。

只要有一個晚上就於願足了。

我會希望回家的那條路一直走不完。

10

然而，有二十年的時間，那條路是我孤零零一個人走的。

二十年如昨，愛你的日子，我從來沒有對你失望過，我只是對自己失望。

要是我那麼愛你，我不是也可以愛你原來的樣子嗎？

我說過你是混世魔王，我早該知道的。

那個晚上，我窩在我的床上，聽著《夜曲》，抱著那本《格雷的畫像》，不知道已經第幾遍看了。

看到書，就好像看到你，我甚至傻得去吻那本書。

PSALM 47

夏夏那天跟你出去了。

回家以後，她打電話給我。

「我看看妳睡了沒有。妳在做什麼？」她問我。

「我在看書。」我連忙關掉唱機，我不想她聽到我在聽《夜曲》。

「累死了！」她說。

「你們又去跳舞嗎？」我苦澀地問。

「不是啊！我們在他家裡，一整天都沒出去。」

「你們在家裡做什麼？」她聽到我的問題，放聲笑了起來：

「妳真純情！兩個人一起，妳說幹嘛？」

信生，那一刻，我覺得我已經死了。

我對你的愛，沒有一絲欲念。

那個年紀的我，天真地相信愛情是單純的，聖潔的，超然的，就像

《鐘樓怪人》加西莫多對吉普賽女郎愛絲美拉達那樣，愛念比欲念剛強，

凌駕欲念。
只有那樣的愛情是最純粹高尚的。
但你畢竟不是那個醜陋的加西莫多。
雖然我明知道你有過許多女朋友，我卻還是欺騙自己。
我告訴自己，你是不會跟她好的。
我竟然笨得跟自己說，你和她頂多只會擁抱和接吻。
我竟然相信你們兩個的純情。
她那句「妳真純情！」把我從自己的夢裡驚醒了。
夢醒總是虛妄的，不知身在何處。
「西西？妳有在聽我說話嗎？」
我試著表現得若無其事，可我的嘴巴，我的臉，我整個人都在發抖。
「我要睡了！」我掛斷電話。
我想要恨你，卻做不到。

這時候，我聽到房間外面的腳步聲，是爸爸回去麵包店上班。

他會一直工作到第二天早上才回來。

等到他出去了，我走下床，在廚房的壁櫥裡找到他那瓶白蘭地，抱著酒瓶，仰起頭，骨碌骨碌地猛灌了幾口。

我不想要清醒，那太痛苦了。

我回到我的床上，頭一次發現酒精的美好。

我氣得哭了。

我抱著你的書一直哭到醉死過去。

我問自己為什麼？你知道夏夏根本是個玩弄愛情的女人嗎？她跟你一起時，一直也有跟其他男孩子出去。

她還要我守祕密，有幾次，她對你撒謊，說是跟我一起。

她甚至不是處子！這你都知道嗎？

你都不會介意嗎？

多虧那瓶白蘭地，我終可以在夢裡忘記你。

第二天，我依然昏昏沉沉的。

我發了燒。

爸爸沒發現我喝了那瓶白蘭地，他給我錢，要我自己去看病。

我沒去，我希望我就這樣病死好了，那麼，你也許會為我難過，會記得我。

畢竟，我死的時候還那麼年輕。

可我沒死。我縮成一團，就這樣在床上癱了好多天，再也不想起來。

夏夏找我出去，我就說我生病了。

因為我不想見到你，不想讓你看到我那個樣子。

我以為只要見不到你，我或許總有一天可以忘掉你。

我們不都是會忘記無數曾經做過的夢嗎？

一覺醒來，它就這樣漸漸從記憶中消逝，了無痕跡。

11

可惜，你不是可以忘記的夢。
就在我縮在床上不想見人的那些日子，有一天，夏夏來看我。
家裡只有我一個人。我蹣跚著腳步走下床去開門。
她一看到我，吃驚地說：
「妳瘦好多了啊！到底是什麼病？有沒有去看醫生？」
她說著伸手摸了摸我的額頭。
「有一點燒呢！妳回到床上躺著吧。我買了吃的給妳。」她緊張地拉我回床上去。

我背靠床板，她為我蓋好被子，坐在我的床邊，憂心地問我：

「妳到底怎麼了？」

我看著她，她是那麼真摯地關心我。那種感情不可能是假的。

在你這個成吉思汗還沒出現之前，我和她畢竟是「西夏」啊！

我突然覺得自己好卑鄙。我為什麼要那樣對她？

雖然她讓我飽嚐嫉妒的滋味，但那不是她的錯。

要不是她，我根本不會認識你。

假使沒有她，你也不一定會愛上那時候的我。

「妳看我買了什麼給妳！」她拿出一個包裝得很漂亮的長方形盒子，盒子上面打了個蝴蝶結。

「是巧克力！這個巧克力很好吃呢！妳拆開來看看。」

就在那一瞬間，我的眼淚全都湧了出來。

這個傻瓜，這個我少女時代最好的朋友，竟然帶一盒巧克力來探病。

我確實把她嚇壞了。

「西西，妳沒事吧？」她抓住我瘦嶙嶙的手臂。「妳有什麼事就跟我說吧！」

我雙手掩著臉，只懂哭，一句話也說不出來。

我怎麼可以告訴她，我愛上了你？

「妳別這樣，你哭我也會哭，妳是不是有什麼病？」

她哭了。看到她哭，我也哭了。

我怕她知道我心底的祕密，我含混地說：

「我不舒服。」

「妳會不會死？」她慌亂地問我，哽咽著說：

「莊寧恩，妳不能死！我們不是約好了將來有一天，要一起去巡視敦煌莫高窟的嗎？那可是我們西夏時代的偉大藝術啊！」

我淚眼模糊地看著她，終於說：「我吃完這盒巧克力才死！」

我們都笑了，一邊笑一邊哭。

「妳吃了我的巧克力，我可不肯讓妳死！快吃吧，這巧克力是信生跟我一起去買的。」她抹掉眼淚，快活地說。

「他買的？」

「是我挑的，他付錢。我知道妳喜歡吃巧克力，特別是苦的。怎麼樣，好吃吧？」

「嗯，是很苦。」我抿著嘴巴說。

「苦就好了，我一直問那個店員，到底苦不苦？苦的我才要！我說我那位朋友專門愛吃苦。信生聽了，在旁邊不停地笑，他說：『再苦就不是糖了。』」

我嘴裡含著巧克力，默默點頭：

「夠苦了！苦死了！」

「真的？這幾顆都是我挑的。別指望男人知道妳喜歡什麼，他們都不會

買禮物。」她嘆了口氣說。

她說著從皮包裡拿出一個藍色的絲絨盒子，打開來給我看。

「妳看他買了什麼給我！」

我的淚眼又再朦朧了。

那是一雙象牙白色的珍珠耳環，白金鑲嵌，每邊長長的垂吊下來一顆珍珠。

「好漂亮啊！」我拿起來比在耳垂上。

「這麼老的東西，只有老女人才會戴！他偏偏說珍珠最好看！氣死我！」

我本來想說：

「我喜歡珍珠！」話到唇邊又消逝了。

我把那雙耳環還給她。

她和你的品味多麼不相似啊！

你怎麼可能喜歡珍珠也同時喜歡她？
我喜歡你，也就不可能同時喜歡任何一樣配不上你的東西。
於是，我不喜歡自己。
夏夏走了，把那盒很苦的巧克力留下給我。
巧克力是你買的，我很珍惜地吃，品味你給我的苦澀。
那多麼像我對你的愛？笑著吃苦，無悔飲砒霜。

12

你的巧克力治癒了我。

第二天，我的燒退了。

我試著離開我的床，離開我的自憐。

我試著出去走走。

結果，我又回到圖書館去，借的全是建築藝術的書。

日復一日，我用這些借來的書想念你，也用這些書來忘記你。

我決心要考上建築系，成為一位建築師。

只有變成跟你一樣，我才可以接近你，配得上你。

兩年後，我便要考大學了。我趁著暑假拚命去學習，拚命進步。

我的心思全都放在這件事上。

我甚至沒注意到夏夏曾經有一兩次在電話裡跟我抱怨你要加班，沒時間陪她。

她一向也認為自己是這個世界的中心，每個人都該放下身邊的一切等候她隨時的召喚。

你卻偏偏是個例外。

她氣得直跺腳，我心裡倒是有些高興。

為了向你報復，你不陪她的時候，她就跟其他男人出去。

我沒想到，那是你離開一個女人的方式。

你離開的方式是那麼的優雅，那麼的高明，不會傷害到對方的自尊，卻也不會給她機會糾纏下去。

你退得那麼精彩，反倒讓女人認為是她首先離開你。

夏夏自然也這麼認為。

她畢竟比你年輕，經驗尚淺，不是你的對手。

暑假將盡的一天黃昏，我從圖書館回來，看到她坐在一輛簇新的敞篷跑車上等我。

開車的是個我不認識的年輕小伙子，一臉殷勤相。

夏夏看到我，飛快地下了車，跑上來：

「妳到哪裡去了啊？我想著，再等一會我們就走了，我們要去看電影。」

然後，她塞給我一樣東西：

「妳可以幫我還給喬信生嗎？」

我打開盒子一看，是你送她的那雙珍珠耳環。

她悻悻地說：

「沒有一個男人可以首先離開我！妳跟他說，是我要跟他分手！我有男朋友了。」

她說著朝車上那個小伙子拋了個媚眼。

「這些老女人的東西，妳幫我還給他！我不會再見他！」

我心中禁不住一陣狂喜。

你跟她分手了啊。

我望著那雙耳環，臉上不曾有一絲波動。

我不能讓她看見我竊喜的神情。

「拜託妳吧！現在就替我還給他，我一天都不能等！」

她竟然要求我去見你。

「好吧。」我抑住心中的興奮說。

13

我拿著那雙耳環，並沒有立即去找你。

我奔跑上樓梯回到家裡，放下書，打開那個精巧的絲絨盒子，把耳環拿出來，喜孜孜地釘在兩邊耳垂上，在鏡子裡看看自己的模樣。

那雙耳環很美，因為是你買的。

我久久地望著鏡子，眷戀著這雙待會要還給你的耳環，我傻得希望你會跟我說：

「既然夏夏不要，那就送給妳吧！」

我看了很久很久，每一邊臉都轉過去又轉回來重複看了很多遍，那兩顆垂吊著的珍珠在我耳垂上晃動，有一刻，我覺得它已經是我的了。

然後，我翻箱倒櫃，找出最好的衣服穿上，把那雙耳環放回盒子裡，跑去找你。

我好像去見一個情人那樣，帶著飛奔的腳步去找你。

你的老傭人來開門。你還沒回家。她認得我，讓我進屋裡坐著等你。

於是，我得以再一次窺伺你的生活。

當你的傭人回去她廚房裡的那個小房間之後，我開始東摸摸，西摸摸，摸摸你的鋼琴，還有你的唱片和你書架上的書，其中有幾本關於建築的，我在圖書館裡讀過了，心中感到一陣得意。

我又從你沒掩的門窺看你的睡房。

這一次，我不只看到床的一角，我看到了你那張寬闊的大床。

後來，我坐到你現在坐著的這張米白色扶手椅裡等你。

這張椅子太舒服了，怪不得你喜歡它。我幾乎整個人陷了進去，眼睛一直盯著大門。你還沒回來，我一次又一次打開那個藍色絲絨盒子，再看一遍那雙珍珠耳環。

只要想到待會要還給你，我心裡就開始感到不捨。

你很晚才回來，那時已經過了十二點鐘吧？我突然聽到鑰匙在門外轉動的聲音。

我連忙從椅子上站起來，順順頭髮，也順順皺摺的裙子，手裡緊緊捏著那個小盒子。

我整個人都變得緊張起來，心跳撲撲。

我很久沒見你了，我一直想念你。

門開了，你看起來一副快樂的樣子。

看到我時，你臉露驚訝的神色。

「西西？妳為什麼會在這兒？」

我本來想好了許多話要跟你說，那一刻，我卻羞紅了臉，有點結巴地說：

「夏夏要我把這個還給你！」

我將那個裝著耳環的盒子遞給你。

你皺了皺眉頭，似乎已經想不起那是什麼。

然後，你打開來看了一眼。

「說你送給我吧！」我心裡默默祈禱著。

你看到那雙耳環，臉上沒有失望的神情，沒有不愉快。

但是，你也沒有把它送給我，你只是隨手把它塞進身上西裝的口袋裡，好像這並不是第一次有一個女人把你送的禮物退回給你。

然後，你朝我瀟灑地笑笑，好為自己解窘。

你說不定也曾試圖流露一點感傷。即使只是一段風流韻事的結束，那種感傷的神情還是會讓女人以為你這輩子也不會忘記她的。

你真的是箇中高手，任何一個女人也很難去恨你。

我杵在那兒，等你跟我說句話，可你沒有。

我滿懷失望，小聲說：
「那我走了。」
「等一下。」你突然說。

14

「這麼晚了，我送妳回家。」你溫柔地說。

我抬眼看你，怔住了，心中驚訝顫抖，高興得忘記了一切，脫口而出：

「好啊！」

「那走吧！」

你嘴角掛著一絲輕柔的微笑。

我飄飄然跟你走下那道水磨石樓梯。

你像一位紳士那樣，為我打開前車廂的車門。

我上了車，坐在那個通常只有女朋友才能坐的位子上。

坡。

然後，你繞過另一邊上車。車子緩緩離開貝露道，駛下黑夜靜寂的山

我幾乎無法相信眼前這一切是真的。

多少個夜裡，我渴望有一天，我可以在你的車上待到最後，回家的路，只有你和我，一直走不完。

我想了許多話跟你說，我可以問你對建築和藝術的心得，我也大可以告訴你，我準備唸建築。

然而，當這一刻真的來臨，只有你和我，我卻好幾次想開口都找不到完美的開場白。

我害怕我任何一句無知的蠢話都會破壞這一切。

於是，我閉嘴了，不時用眼角的餘光偷看你，不斷希望你會跟我說話。

然而，你的眼睛並沒有看向我，你眼望前方，很專心地開車。

我希望回家的路永遠走不完，可是，那個夜晚，回家的路卻好像比任何

一個時候都要短促。

眼看下一個路口就到了，我心中慌亂起來。我一定要跟你說些什麼，讓你記得我。我一定要盡快找個話題。

那一刻，沒有比夏夏更好的話題了。

我裝出一副世故的口氣說：

「夏夏已經有男朋友了。」

你笑笑：

「她一向不乏追求者。」

「我還以為你們會結婚。」

他轉頭看了我一眼，禁不住笑了：

「我不會結婚。為什麼要結婚？」

「因為你和那個人相愛啊！」我天真傻氣地說。

你放聲笑了，好像我剛剛說了一個很滑稽的笑話。

「王爾德說，忠誠的人只懂得愛情微不足道的一面，不忠的人才懂得愛情的不幸。妳聽過這句話嗎？」

我默默點頭，回答說：

「《格雷的畫像》。」我在書上讀過這兩句。

「是嗎？我都忘了在哪本書裡讀過。」

「你為什麼不相信愛情？」我鼓起勇氣問你。

你停下車，嘴角一咧，笑了，以你一貫遊戲人間的口氣對我說：

「我不相信愛情，因為我不相信自己。」

信生，如今你記起來了嗎？

你對一個愛上你的少女說，你不相信愛情，你也不相信自己。

然而，她卻更死心塌地的愛著你，不知天高地厚，不自量力地跟自己說，有一天，她要讓你相信愛情。

15

那天晚上，當她回到家裡，她心中充滿了希望。

她倚在窗前，幸福地望著窗外。

雖然你的車子已經開走了，她還留戀地看著靜悄悄的街道。

第二天，第三天，第四天夜晚，她也是這樣倚在窗前，幻想你會像電影裡的男主角那樣，開車來到，在街上深情地看上來，只想看看她那扇窗口有沒有燈。

她稚氣地以為，她那天晚上說的話使你印象深刻。年輕總是自以為複雜的。

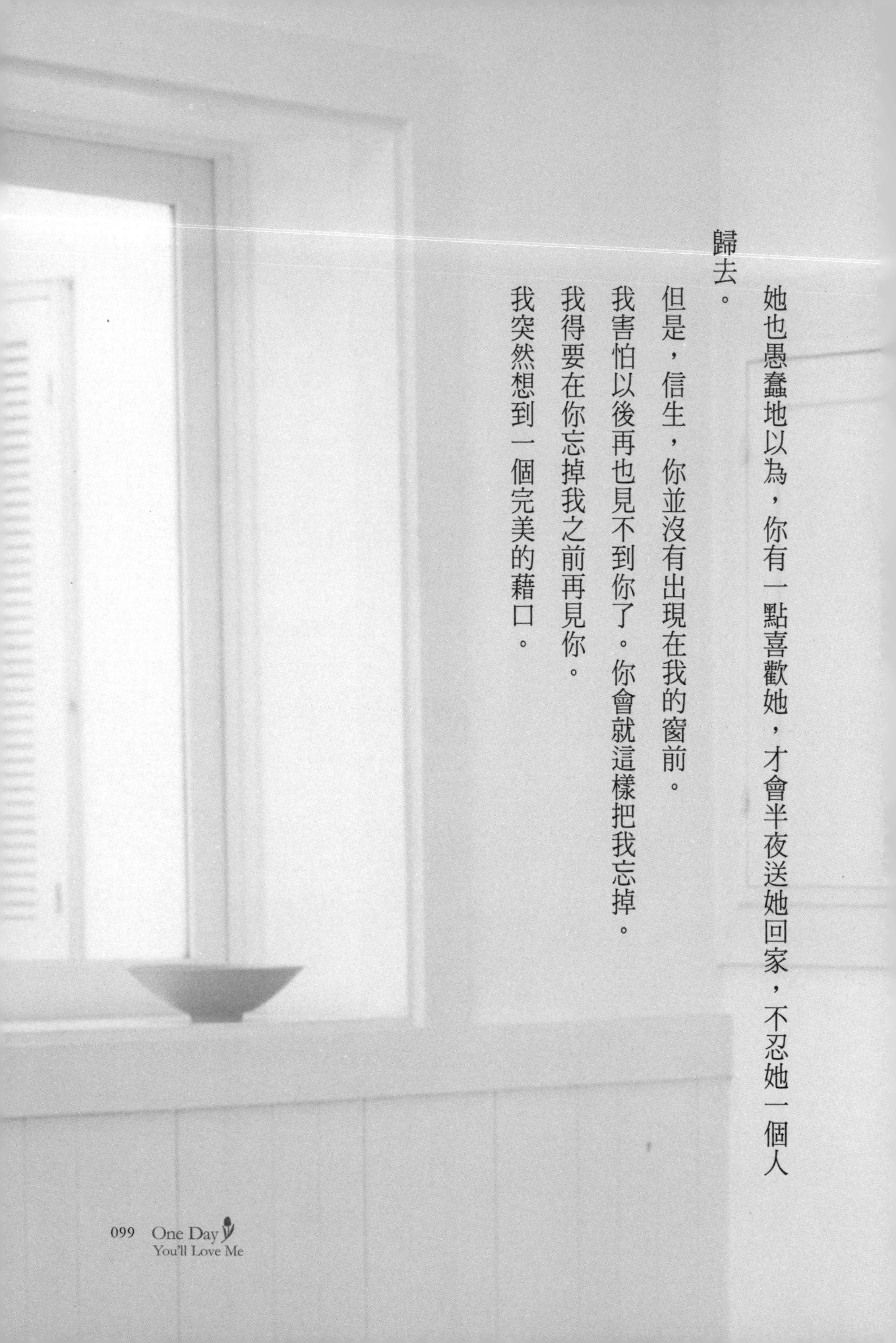

她也愚蠢地以為，你有一點喜歡她，才會半夜送她回家，不忍她一個人歸去。

但是，信生，你並沒有出現在我的窗前。

我害怕以後再也見不到你了。你會就這樣把我忘掉。

我得要在你忘掉我之前再見你。

我突然想到一個完美的藉口。

16

你是不可能忘掉這一晚的。

我帶著書來到你家裡。

你的老傭人來開門，她說你還沒回來。

我幾近諂媚地對她微笑，告訴她，我有一本書要還你，我想在這裡等你。

她讓我進屋裡去。留下我一個人，她去睡覺了。

曾經有多少個女孩子這樣等你回家？你的女傭也許早就不會大驚小怪了。

這一晚，我沒有窺伺你的祕密。
我太緊張了，只想快點見到你。
那本《格雷的畫像》，我是多麼捨不得還你。
我希望你忘記我借走了這本書，那我就可以留著它。
然而，那本書是我見你的藉口，我只好把它帶來。
也許，當你見到我，你會像那天晚上一樣，送我回家。
也許這一次，你再不會忘記我，你會有許多話跟我說。
我坐立不安地等著你。
很晚了，你還沒回來。
等待的時刻，我禁不住胡思亂想。
我突然害怕，要是我把書還給你，我以後還有什麼藉口找你？
可是，我也無法帶著書逃跑。
我想見你，我是如此渴望你。

我意識到這也許是我最後一次見你了。
這時，我看向你的睡房，房間的門半掩著。
我瞄了一眼廚房那邊，確定你的傭人不會突然走出來。
我悄悄走進你的睡房去。我亮起床邊的燈，坐到床緣，輕撫你的床單，翻看你放在床頭的幾本書。
我把我細瘦的腳穿進你擺在床邊的一雙黑色拖鞋裡，感受你的餘溫，心中一陣幸福。
當這些都沒法滿足我時，我臉貼到你的枕頭上，想像你睡著的樣子。
猝然之間，我不知道哪來的勇氣，我把我身上的衣服一一脫下來，光溜溜地鑽進你的被窩裡。
夏夏常常說，男人都是禁不起誘惑的。
既然你那麼隨便就把她帶到床上，我為什麼不可以呢？何況我擁有的，她並沒有。

我擁有珍貴的清白之軀，從來沒有男人碰過我。

我關掉床邊的那盞小燈，拉上被子，手臂裸露在外面，躺在床上等你。

即使這是最後一夜，我也無悔。

我在黑暗中等待你，每一刻都比一天漫長。

你到底什麼時候才會回來啊？

終於，我聽到鑰匙轉動的聲音。我的心跳頓時有如擂鼓。

從睡房看出去，是沒法看到大門那邊的。

我看不見你的臉，但我知道是你回來了。

我聽到輕輕關上門的聲音。

我聽到你輕柔的腳步聲。

我聽到你坐進那張扶手沙發椅裡，發出舒服的嘆息聲。

接著，我聽到你翻看報紙的窸窸窣窣的聲音。

然後，這一切聲音都靜止了。

我聽到你走向睡房的腳步聲，一步比一步更接近我。
我閉上眼睛，全身發抖，毫不羞恥地等著你。
你進來了，坐到床邊，伸手擰開了床頭的那盞小燈。
燈光一瞬間照出了我的臉，也照出了你的臉。
我的臉顫抖著凝望你。
有一刻，你什麼也沒說。
你臉上卻沒有我期待的神情。
你倏地站了起來，冷冷地問我：
「妳在這裡幹什麼？」
我鼻子發酸，顫著嘴唇沒法回答。
突然，我覺得很羞愧。
你抓起我擱在床邊的衣服丟給我，別過臉去，說：
「妳馬上穿回衣服離開這裡！走！」

我的眼淚再也忍不住了，我在床上縮成一團，不停地哭，希冀你的憐憫。

你卻生氣地說：

「妳再不走，我把妳扔出去！」

我從來沒受過這種羞辱。

我匆匆穿回衣服，哭著衝出你的公寓。

我跑下樓梯，頭也不回地奔下悄靜的山坡。

回家的路實在太長太長了，彷彿走了三十年。

信生，這一晚的事我從來沒有向任何人提起過，許多年來，它成了我心中最辛酸的回憶。

即使跟杜林一起時，我也沒說。

17

你從不知道，我曾經跟他一起，因為，我不讓他說，我也不讓他告訴任何人。

因為，我從來沒愛過他。

那是被你羞辱之後的某天。

學校開課了，夏夏早就把你拋諸腦後。

我本該恨你，可恨的卻是我沒法恨你。

我活得像行屍走肉那樣。我不想幸福。

後來有一天，我在街上碰到杜林。我沒認出他來，是他認出了我。

他看到我憔悴落寞，為情所傷的眼神，提議請我去喝杯咖啡。

跟他喝咖啡的時候，我老是找機會打聽你的事。我對他毫無興趣。我只想聽你從前在學校裡的輕狂往事。我想聽他口中的你。我想知道你的一切。

從咖啡店出來，已經很晚了。

他問我要不要去看看他的畫。

我看得出這個男人喜歡我。

他是我認識的，跟你最親近的人。

他也是我跟你唯一的連繫。

我已經沒有什麼可以失去了。

我跟著他回去他的公寓裡。

他只唸了一年建築，就跑去當畫家。那也是他潦倒的原因。

他興致勃勃地談論他那些畫，一次又一次窺看我的臉，期待從我臉上看到崇拜和仰慕的神色。

他畫的畫，沒有一張比得上你畫的那張年輕女人的畫像。

然而，那天晚上，我留下來了。

他是個好人。

他珍惜我。

他教我很多，關於建築，關於藝術。

他毫不介意告訴我，你常常在金錢上給他幫忙。

他並不感到難堪。

反而跟我說，藝術家成名前都是這樣的，梵谷有一個一直接濟他的好弟弟，而他有你。

我曾經以為，我只會因為愛一個人而傷心，但我錯了。

當我不愛一個人的時候，原來也會傷心。

我為自己傷心。

跟杜林一起那兩個月短暫的日子裡，我總是感到傷心。

我在他身上看到的只有你，我會悄悄拿他的一切跟你比較，然後發現，

他永遠都不可能跟你比。

為什麼愛上我的是他而不是你？

一天，當他回到家裡，悠閒地脫下腳上那雙骯髒的皮鞋，我看到他的毛襪穿了個洞，一隻大腳趾露了出來。

我再也受不了了。

我從他身邊逃跑，沒回頭過。

18

離開他以後，一天，我又回到你貝露道的公寓去。

我沒進去你屋裡。我猜想你的老傭人這一次不會再讓我進去了。上一次，我走了之後，你也許狠狠罵過她一頓。

我每天都坐在五樓的梯級上，眼睛俯視著你四樓的大門，想等你回來，想看看你。

一連許多天，我並沒有看到你，只看到你的傭人出去買東西。

你說不定出門了。

我還是天天回到冰涼的樓梯上等你。

那時候是寒冬，我冷得直哆嗦，生怕你回來的時候，我睡著了。

我不要睡，我不時站起身，搓揉著冷冰冰的手等你。

終於有一天，我聽到你沉甸甸的腳步聲。

我連忙躲在樓梯的拐角偷看你。

真的是你！是你！你拎著一個行李箱回來了，身上穿著長大衣，一身旅塵。

我一直等你。

然而，看到你的時候，我卻又膽怯了。

我甚至害怕被你看到，我沒出息地躲了起來。

等我聽到你關門的聲音，我悄悄走下樓梯，望著那扇已經關上的木門，後悔自己的膽怯。

我的手輕輕撫過你剛剛摸過的門把，帶著你的餘溫，走到公寓下面。

我仰起頭看向你的窗口。

我看到你屋裡的燈亮了起來。
有許多天，我都在夜裡回來，偷偷站在同一個地方看著你的窗口。
直到你的燈熄滅了，我才肯離去。
我要一直看到自己死心。
可是，我卻愈看愈想念你。
那個颳著冷風的二月夜晚，我重又坐在五樓的樓梯上等你。
我決定了，我要向你傾訴衷情。
我又再一次懷著卑微的希望等你。
大概是半夜吧，我終於聽到上樓梯的腳步聲。
我站起來，心情激動，準備衝向你。
腳步聲愈來愈近了。
但你不是一個人，你帶了一個女人回來。
她勾住你的手臂。我聽到你們快活的，挑逗的笑聲。

我看到她跟你一起進屋裡去了。

你會愛上許多女人，就是不會愛上我。

我淚眼朦朧，蹣跚地走下樓梯，經過你的門口。

這一次，我沒有用我冰冷蒼白的手去輕撫你開門時摸過的那個門把。

我離開你的公寓，沒抬頭看過那扇窗。

我一直到二十年後才回來。

19

沒有了你，我什麼也不要。

我沒考上大學。

我的大學入學試成績糟透了。

我靠著對你僅有的回憶來折磨自己。

你給我的，只有很少很少，我卻把所有微小都擴大，第一次見到你，第一次在你家裡聽到你彈《夜曲》，第一次獨個兒在你家裡等你，最後一次在冰涼的樓梯上等你，最後一次在冷冽的風中抬頭看向你的窗子，還有那一次，你送我回家，只有你和我。

如此細碎的回憶，我卻千百次重溫，不讓自己快樂。

夏夏到美國留學去了。

我們在機場分手時相擁著哭得死去活來。

我哭的是離別，既是我跟她的離別，也是我跟你的離別。

頭一年，她寫了許多信給我，我回的信卻愈來愈少。

我的祕密是無法說與人聽的，何況是她？

你這個成吉思汗出現的那天，我們的西夏就已經滅亡了。

漸漸地，我們不再通信。

後來，我在一家畫廊找到一份工作。

因為你喜歡藝術，我也愛上了藝術。

那段日子，有好幾個條件很好的男人向我獻殷勤。

我變了，變漂亮了，不再是那個瘦骨伶仃又害羞的女孩。

我不稀罕那些熱烈地追求我的男人。

對他們來說，我是那麼冷漠，好像我不需要愛情似的。

沒有人知道，那是因為我的心永遠為你封鎖起來了。

然而，這反而成了我致命的吸引力。

多麼可笑啊？

當你愈不在乎，你卻得到。

在畫廊工作了幾年之後，我遇到一位富有的建築商。

他比我大了三十年，而且有家室。

我成了他包養的情人。

我住在一幢漂亮的公寓裡，我要什麼，他都會給我。

我知道，假使我要他離婚娶我，他也會答應。

但我從來沒有這樣要求過。

我不想幸福。

要是不可以嫁給你，我也不想嫁給任何人。

他是個聰明人，一起的日子裡，我從他身上學了很多，是書上學不到的，所有關於建築的，即使是細微末節，我全懂了。

我想學畫，他就給我找來最好的老師。

我想學鋼琴，他也把最好的老師找來。

他常常帶我出國。在國外，我逛的不是百貨店和時裝店，而是博物館和畫廊。

我認識了許多頂尖兒的藝術家。

所有你喜歡的，我都去學。

那時候，我並沒有想過會跟你再見。

我只是想要成為你。

我知道聽起來很荒謬，但我就是要用這個方式來愛你。

我也買了許多珍珠首飾，因為你說過珍珠最好看。

我的收藏中有些是很昂貴，很罕有的珍珠。

但是，它們沒有一件是不可以失去的，因為這些都不是你送的。

20

二十年來，我一直搜集你的消息，只要報上提起你，不管是一篇訪問，或是短短幾行的報導，我都會小心地剪存下來。

我訂閱建築藝術的期刊，為的也是不要錯過任何關於你的消息。

只要是你設計的建築物，不管是在任何一個城市，我都會一再回去品味。

我甚至輕撫那兒的每一塊石頭。

你一直都在我心裡。

我的回憶從沒老去，反而一天比一天鮮明。我總是夢想有那麼一天，我們會相見，你或許會愛上現在的我。

我不是說過，我變漂亮了嗎？

曾經有兩次，我見過你。

第一次，是在一個舞會上。我和那位年老的建築商結伴出席，我在擠擁的賓客中看到你。

你一如往昔，依舊那麼迷人。

那天晚上，許多女人都偷偷地注意你。

那年，你是三十七歲吧？

在你身邊的是一個年輕貌美的女孩子，看來只有二十歲。

第二次見到你，我是在我的車上。

那天，我的司機送我回家。

當車子經過一家華麗的餐廳門口時，我看到了你。

你剛從餐廳走出來。

那年，你是四十二歲吧？

你還是那麼瀟灑，一點都沒變。

你手裡牽著一個女孩子，這一個同樣不會超過二十歲，嬌嫩得像一朵盛放的鮮花。

兩次的相遇，你都沒看見我。

第一次，我本來可以走上去跟你打個招呼。

第二次，我本來可以叫司機把車子停在你面前。

我沒有這樣做。

因為，在我那位年老的情人眼裡，我是那麼年輕，然而，跟你身邊的女孩子比較，我卻老多了。

我終於明白男人為什麼愛慕青春。

人世間惟有青春。它是一種天賦，你不需要做什麼也能擁有。然而，當它要消逝，你無論做什麼也留不住它。

我說過，我很漂亮。
可是，愈是漂亮的女人愈是看到自己身上最微小的變化和最無情的歲月。
那一年，我三十七歲了。
當我三十七歲的時候，我擁有的一切，是我十七歲的時候沒有的。
然而，我也已經不是十七歲了。
我會一天比一天衰老。即使再見，你也不會愛上我了。
我心中悲傷莫名。
我身邊那個男人看到我的模樣，加倍地憐惜我。
假如我跟他要天上的月亮，他也會摘下來給我。
但我要的，是他沒有的。
我想要你，而我知道，我這一生再也得不到你了。
直到四月的一天夜晚，我的司機從音樂廳接我回家。

我剛剛聽完一場鋼琴演奏，那位鋼琴家彈的是蕭邦。

我所有的《夜曲》都是為你而聽的。

我又再一次想起你彈《夜曲》的那天。

「我在這裡下車。我想走路，你先回去。」我跟我的司機說。

我下了車，滿懷憂傷，孤零零地走在熱鬧的夜街上，一張張年輕的臉孔迎面而來，從我身旁走過。

我漫無目的地在街上亂晃。

我無意中在天琴路上發現一家畫廊。

我以前也來過這一帶，卻從來沒見過這家畫廊。

這家畫廊跟別的畫廊很不一樣，很波希米亞。店面小小的，要不是櫥窗裡擺著一張人像畫，我根本不知道這是畫廊。

那扇門是鐵造的，門上鑲著一隻小小的方形的玻璃窗，我踮高腳尖隔著

玻璃窗看進去，裡面燈影朦朧。

這時，門突然從裡面拉開來，把我嚇了一跳。

21

開門的是一個穿著黑色禮服的老男人。

他很老很老，佝僂駝背，那張哭喪似的臉堆滿一層層皺紋。我好像從來沒見過這麼老的人，他看來至少也有一百歲，甚至有一百二十歲。

他沒起伏的聲音對我說：

「請進來參觀。」

我身不由己地走了進去，他在我身後把門帶上。

「請隨便。」他的聲音有點令人不寒而慄。

畫廊狹長，好像看不見盡頭似的，面積比我以為的要大得多。從外面看進來，根本看不出。

我一步一步往前走。

店裡擺著的全是人像畫，每一張畫的主角都是年輕漂亮的男人或是女人，穿著久遠而古老的服飾，眼睛周圍沒有一絲皺紋。

二十年間，我看過無數的畫，我幾乎懂得所有流派和風格。即使是新進的畫家，我也認得出來。

然而，這家畫廊裡擺的畫，我完全看不出是出自哪一位畫家的手筆。

我心裡想，到底是哪一位新進的畫家，竟然擁有這麼不凡的功力？

當我轉頭想問問那個老人時，卻不見了他。

我只好獨自繼續看下去。

忽然之間，當我抬起頭時，他竟然無聲無息地站在我面前。

「請問這些畫是哪一位畫家畫的？」

「都是玫瑰夫人畫的。」他平板的聲音回答說。

玫瑰夫人？我從來沒聽過這個名字。

他突然問我：

「夫人就在畫室裡，妳要不要見她？」

我的好奇心驅使我點頭。

「請跟我來。」他在前面帶路。

我跟在他後面，走下一條鋪上木地板的狹長樓梯。我沒想到這家畫廊是有地窖的。他步履蹣跚，走路搖搖晃晃的，好像隨時都會倒下去。

我們穿過一條長而幽暗的走廊，走廊的每一邊都有一個房間，左邊的房間擺了許多木造的古典畫框，幾個男工默默地在那裡為畫框上漆，那些工人看來就跟走在前面的那個老人一樣老，全都愁著一張臉。

右邊的房間裡有幾個女工在裱畫，她們就跟那些男工一樣老，每一張皺臉都帶著哀傷。

這裡的工人怎麼都這麼老啊？

我猜想，那位玫瑰夫人說不定有一百四十歲。

走了一會，我開始聞到一股甜膩的花香味兒。

當那股味兒愈來愈濃重，我終於來到走廊盡頭的畫室。

偌大的畫室中央有一個直立的畫架，上面的畫布是空白的，旁邊一張鋪了紅絨布的桌上散滿了畫筆和顏料。

畫架後面擺著一張高背扶手的絲絨椅子，房間裡插滿了紫丁香色的玫瑰，一小朵一小朵的，開得翻翻騰騰，怪不得那麼香。我從來沒見過這種玫瑰。

我正想回頭去問那個老人玫瑰夫人在哪兒，但他已經不見了。

我走到桌子那兒，拿起畫筆看了看，心裡覺得奇怪，那些都是很古典的畫筆，好像已經用了好幾個世紀，現在是買不到這種筆的。

玫瑰夫人應該真的很老很老。

我放下手裡的畫筆，轉過身去的時候，一個女人已經站在我面前。

她到底是什麼時候進來的，我完全不知道。

她一點都不老。相反，她年輕得很，看上去只有二十三四歲，身上穿著一襲波希米亞式的紅絲絨裙子，右手無名指上套著一顆月牙形的紅榴石戒指。

她美得驚人，一雙深黑的眼睛好像會把人的靈魂吸走似的。

「妳想見我？」她說，聲音好像來自遠方。

「外面那些畫是妳畫的嗎？」我驚訝地問。

那樣的功力，不可能是出自一個這麼年輕的女子之手。

然而，她點了點頭，說：

「是我畫的。」

「畫裡的人都很美。」

「而且還很年輕。年輕總是美好的。」

她看我的方式，好像已經認識我很久了。

我傷感地同意了她的看法。

「喔，是的。」

我又問她：

「那些都是妳的客人？」

她的眼睛在觀察我，回答說：

「是的，我都是應他們的要求畫的。妳想我替妳畫一張嗎？」

我黯然說：

「我沒那麼年輕。」

她在桌上拿起一根畫筆，說：

「那要看我怎麼畫，那些人本來也沒那麼年輕。」

「是妳把他們畫年輕了？那就不是本人了吧？」我搖搖頭說。

她意味深長地說：

「我沒有把他們畫年輕，是他們變成我所畫的那個樣子。」

一瞬間，我驚住了。我似乎明白了她話裡的意思。

「坐下。」

她看了一眼那張紅絲絨扶手椅，吩咐我說。

信生，我做了一個抉擇。

我毫不猶豫地坐到那張椅子裡去。

我並沒有被迷惑，我是自願的。

我想變年輕，那樣的話，我們再見的一天，或許有一絲機會，你會愛上我。

為了你，我什麼都不怕。

「妳很漂亮。」她說。「要是年輕一點，妳會比現在漂亮。」

在那個畫室裡，時間彷彿是不存在的。

我不記得我到底在那兒待了多久。

我想起跟你相識的那天，匆匆在你的書架上抓起來的那本《格雷的畫像》。

故事的主角格雷俊美無比，畫家把他的樣子畫在一張畫布上。

從此以後，畫像會衰老，格雷卻永遠年輕。

直到一天，格雷用一把刀毀了那張畫像，畫像裡那個又老又醜的男子重又變回年輕美麗，格雷卻老朽不堪，死在自己的刀下。

我突然明白了命運那深沉的伏筆。

那一天，我為什麼剛好會拿起那本書？

早在二十年前，我已經注定是你的，只是我也必須苦等二十年。

22

「行了。」玫瑰夫人擱下手裡的畫筆說。

我從椅子上站起來，戰戰兢兢地把腳步挪到那張畫前面。

畫中的女人就是你後來見到的我。

「現在回去吧，西西。」玫瑰夫人對我說。

我吃了一驚。她是怎麼知道我叫西西的？我從沒有向她透露過。

她臉露一絲詭異的微笑，說：

「這張畫留在這兒吧，妳總有一天會回來。」

我滿腔疑惑地走出那個飄著玫瑰花香的畫室。

走到門口時，我猛地回頭，玫瑰夫人仍然站在那兒看著我。

她沒有像那個佝僂駝背的老人那樣，突然飄走了。

「這些是什麼花？」我看了看滿室的玫瑰，問她。

她的眼睛發出一道魔幻似的光芒，告訴我：

「妳不知道嗎？它們有個很美麗的名字——昨日。」

我從畫廊出來，看看手表。

我進去的時候，約莫是晚上十點半鐘。

然而，我出來的時候，手表的指針仍舊停留在十點半鐘，日子並沒有改變，時間似乎不曾流逝。

23

回到家裡的第二天，我臉上什麼變化也沒有，我開始懷疑，那是一個惡作劇。

我不禁責備自己的愚昧，我竟然相信那麼不可能的事。

然而，到了第三天，我的身體漸漸起了變化。

我的皮膚好像一天比一天變得光滑，我頭頂那幾根白髮消失了，眼睛周圍的小皺紋也不見了。

就連我身邊那個男人也察覺到我的變化。

一天，他對我說：

「妳這幾天好像變得容光煥發啊！那便好了！我一直擔心妳，妳這大半年來都很少笑。」

我的乳房又回復幾年前那種尖挺，我的眼睛比任何時候都要黑亮，我的臉色也不再蒼白。

一天早上，我一覺醒來，覺得整個人都變輕盈了。

我走到浴室，在鏡子中看到一張熟悉卻久違了的青春臉龐。

我依稀記得，那是二十歲的我。

我變成那張畫裡的人了。

我留下一封信給他，帶著我的東西離開。

我在信裡跟他道歉，告訴他，我想要過另一種生活，感謝他給我的一切。

我搬到另一個地方安頓下來，買過一堆新的衣服，那些衣服全都是我二十歲的時候擁有青春的本錢去穿，卻買不起的。

我等待著跟你重逢的日子。

四月底的那一天，我終於回到這裡，回到我二十年來魂牽夢縈的地方，回到我十七歲那年痴痴地守著的那扇窗戶。

以後的故事你都知道了。

24

一連許多天，我站在你貝露道的公寓外面，希望會遇到你。

第一天，我來早了。你還沒回來。

我抬頭仰望你的窗子，回憶又再一遍襲上心頭，你終究是我的歸鄉，不管走得多遠，我的心從沒離開過。

那天，我一站就是幾個鐘頭，始終沒等到你回來。

第二天，我來晚了，你早已經回家。

我滿懷思念抬頭看向你的窗戶，屋裡亮著燈，那幽微的燈光就跟二十年前一樣，從未消逝。

我等了一晚，你都沒出去。
你有好幾天足不出戶了。
那是你最失意的一段日子。
你本來是一幢摩天大樓的建築師，由於你堅持不肯修改大樓頂部的設計，那幢大樓的主人竟然臨陣把你換掉。
以你驕傲的個性，你怎受得了這種羞辱？
那幾個晚上，我在樓下一直待到你屋裡的燈熄滅了才回去。
不管你得意或失意，我都渴望陪在你身邊。
終於有一天，我看見你了。
那天傍晚，我正仰頭望著你的窗子。
這時，我看到你走下樓梯，我心弦一顫，全身的神經都繃緊了。
我看見你，我的目光撫過你的臉龐。
歲月多麼厚待你啊！

你還是我的青春夢裡人，一點都沒變，還是像我第一天見你那麼英俊瀟灑，只是眉宇間多了一份成熟，這反使你更好看。

你的眼睛下意識地看了我一眼，情不自禁地凝視著我。

你還是你，始終被年輕漂亮的女孩子吸引。

我走向你，投給你一個微笑，假裝困惑地問你：

「先生，請問這裡是不是貝露道七號？」

有一刻，你的目光帶著些許疑惑，好像看到一個似曾相識的人，卻又記不起是誰。

你盯著我看了一會兒，沒認出我來。

縱使你記得二十年前那個被你拒絕的少女，你也不可能認為是我。因為，過了二十年，我竟然沒長歲數。

「對，這兒是七號。」你溫柔地回答我。

你總是用你多情的目光迷惑女孩子。

我把預先準備好的字條拿出來給你看。上面寫著「貝露道七號七樓B室」。

「那就奇怪了。」我說。

「我找不到七樓。」

你又送給我一個溫存的微笑，告訴我：

「我在這裡住了二十年，這裡只有六層樓高，從來就沒有七樓。」

我咧嘴笑了：

「二十年前，我才剛出生。」

你臉露靦腆。我還是頭一次在你臉上看到這種神情。

「對，我很老很老了！有九十歲。」你自嘲說。

「噢，我不是這個意思。」我抱歉地笑笑。

「也許是地址寫錯了，算了吧，謝謝你。」

我裝出一副無奈的神情，想要攔一輛計程車離開。

我心裡祈禱著：

「留住我吧！留住我吧！」

「妳去哪裡？」你問我。

我回過頭來，訝然望著你。

「我正好要開車，我送妳吧。」

你還是那麼會勾引女孩子，由始至終都戀慕青春少艾。

我在車上告訴你，我是從英國回來的。那個地址是我爸爸給我的，他要我來探望一位他住在這裡的舊朋友。

「只有妳一個人回來嗎？」你問。

「是啊，剛剛跟男朋友分手了，想一個人散散心。這人太愛管束我，我受不了。」

「他是英國人嗎？」

「是在英國長大的中國人，思想好像比我家裡那盞十五世紀的古董燈還要古老。忠心是好啊！但是，忠誠的人只懂得愛情微不足道的一面，不忠的人才懂得愛情的不幸。」

有那麼短短的片刻，你投給我驚訝的一瞥。

「這句話是王爾德說的吧？」

我笑了笑。

「妳是唸英國文學的嗎？」

「我唸建築，但是，我唸了一年就放棄啦！我想唸藝術！但我其實什麼都不想做，我想這輩子畫畫算了！」我很技巧地跟你談到我喜歡的畫家和建築物。

你告訴我，你是一位建築師。

「我是喬信生。」你說。「我還不知道妳的名字。」

「莊寧恩。」我說。

然後，你說，你本來打算一個人出去吃晚飯，問我有沒有興趣陪你這個

「老頭子」一起去。

我一聽到「老頭子」就覺得又好笑又難過。

我其實沒比你年輕多少，我的心也因為思念而老去。

25

我們在一家精緻的法國小餐館吃飯。

你點了一瓶紅酒，我們就像一對認識很久的老朋友那樣談得很投契。

我巧妙地投其所好。

我知道你喜歡哪些書，哪些畫，哪些建築，哪些音樂。

你忘了嗎？我一直努力想成為像你一樣的人。

我發現你驚訝的目光一次又一次投向我。

在你的經驗裡，一個年僅二十歲的女孩是不可能擁有這種識見和聰明的。

你那些二十歲的女朋友，會的僅是唱歌和跳舞，頂多會唸幾句法文。

然而，你卻看不透我。

你從來沒有遇過一個二十歲的女孩像我。

我一次又一次避開你迂迴曲折的探問。

我提到我曾經戀上我的一位老師，他是個很有學問的英國人，年紀比我大很多，也教了我很多。

十七歲的我，總是想用我的純真來喚起你的愛情。

三十七歲的我，卻會用我多姿多采的情史。

你總是愛上那些跟你一樣遊戲人間，信奉自由的女人。

你那天把我從你的床上趕走，不是因為你不想要我，而是你不想傷害我。

你對我手下留情，因為你知道我跟夏夏不一樣。

天晚了，我們起身離去。

送我回家的時候，你吻了我。

那本來只是一個輕輕的吻，你含情脈脈地跟我道別。然而，我的嘴唇卻顫抖滾燙地回吻你。

那不是欲念的吻，而是我苦等了二十年的吻。

我幾乎想把二十年的衷情一下子對你的雙唇全盤傾吐。

你再一次露出困惑的眼神看我。

從來沒有一個女人這樣吻過你吧？

我退後一步，咧嘴輕笑，跟你道了再見。

你一向好奇又受不住誘惑。

我知道你會回來。

26

二十年前，我不懂男人，不懂愛情。

二十年後，我全都懂了。

約會的時候，我總是朝你投向仰慕的目光。

雖然你從不在女人身上缺少這種目光，但是，我跟她們不一樣。

我太愛你了，我搜集你的一切，我等於是從「喬信生大學」畢業的。

你會發覺，我擁有超過我年齡的智慧與風情，卻又比你小了二十五歲。

我們聊起天來，像一對雙生兒那樣。

我的仰慕並不盲目，我喜歡你喜歡的東西，但我又總能夠說出自己的理由。

我還故意傻氣地對你說：

「有時我覺得自己很老啊！」

你笑了：

「只有年輕的人才會說自己老！」

一天晚上，我們吃完飯。

你牽著我的手，問我要不要來你家看看。

「好啊！」我幾乎是脫口而出。

我重又踏上那道水磨石鋪成的寬樓梯，那種感覺是你永遠不會明白的。這些樓梯曾經在無數個夜裡陪伴過孤零零的我等你回家。

一個年輕的女傭來開門。你的老傭人說不定退休了，或者不在了。

睽別二十年，我又回到這個地方來。

一切都沒有改變，所有東西還是放在原來的位置，只是又多了一排書架。

我走到客廳那張絢爛的油畫前面，看著畫中那個一頭紅金髮，手托著腮，活潑地凝望遠方的年輕性感的女子。

我看了很久，問你：

「這個女人是所有你認識的女人拼湊起來的嗎？」

你驚訝地笑了。

我東摸摸，西摸摸，客廳裡的每樣東西，都像我十七歲那年一樣。

然後，我坐到那台鋼琴前面，掀開琴蓋，問你：

「你會彈哪首歌？」

你坐到我身邊，溫柔地問我：

「妳想我為妳彈哪一首？」

「《夜曲》。」我想也不用想就說。

「我很久沒彈了。」

你說著雙手撫過琴鍵，多情的目光不時看向我，為我彈了那首我想念了二十年的歌。

我情不自禁地把頭靠向你的肩膀，請求你：

「再彈一遍好嗎？」

那個夜晚，我一直待在你身邊。

當你擁著我的時候，你似乎驚愕地感到我全身一陣震顫，那是我靈魂的吶喊，遠比情欲去得更深。

我努力不讓自己哭出來，免得你看見我掉下幸福的眼淚。

我曾經苦等一艘不會回來的船，船歸航了。

我用盡我的氣力抓住你的胳膊，把埋藏了心中二十年的激情一股腦兒地向你傾瀉，那是任何一個男人都抵擋不住的。

你抱著我入眠，我靜靜地傾聽你起伏的鼻息。

信生，二十年來，那是我最幸福的一天。

我終究還是掉下了眼淚。

27

我不知道我是不是第一個留在你家裡過夜的女人。

我也不知道我是不是第一個你把家裡的鑰匙用一雙手送上來，要我收下的女人。

但我肯定是第一個你會把家裡的一個房間改建成畫室送給她的女人。

於是，我可以每天待在我的畫室裡畫畫，等你下班回來，陪你吃飯，陪你聊天，陪你聽你那些音樂。

一天，我在畫室裡畫畫，你提早下班回家，靜悄悄地走進來摟住我，給了我深情的一眼。

我以前從沒見過你這種眼神，你自嘲說：

「我一定是瘋了。我以前從沒試過工作時一直牽掛著一個女人，只想馬上跳上一輛車，飛奔回去看看她的臉。」

信生，我一直都愛你，愛你是我的天命。

但是，你從來就沒有愛過別人，我不知道你會愛我多久。

你終於愛上我，是因為你感到自己沒那麼年輕了嗎？

還是因為我是在你失意的時候出現？

你愛的是我，還是你逝去的青春？

人太複雜了，永遠不會有答案。

然而，要是沒有你，我的青春只是虛妄的日子。

28

跟你一起的每一天，我都當作節慶來度過。

一天，你一回到家裡，就興奮地告訴我，你將會成為海邊那座歌劇院的建築師。

設計歌劇院一直是你的夢想。

你像個孩子似地把我抱起來，說：

「妳真是我的幸運女神！」

從此，每一天都是雙重的節慶。

你在書房裡畫草圖的時候，我在畫室裡畫畫，你畫好的草圖總要拿給我看看。

我怎會懂得比你多？

我懂的那些，全是我拚命學回來的，你擁有的卻是天資。

然而，你總是說，只要我看看，你便安心。

那座漂亮的歌劇院彷彿是我們共同的心血。

你把它的頂部設計成圓形，我想像它是我們的泰姬陵，見證一段亙古的愛情。

可惜，我沒能陪你等到這一天。

這陣子你忙著歌劇院的事，你沒注意到，我卻注意到了。

我的臉和我的身體起了輕微的變化。

玫瑰夫人曾經對我說：

「妳總有一天會回來。」

我早就應該明白那句話的意思。

這個時刻終於到來了。

這兩年，是我一生中最幸福的日子。

我度過了許多無所悔恨的時光。

你送我的珍珠項鍊，珍珠手鐲，還有耳環，我帶走了，這些都會跟我對你的回憶一起陪著我。

當你送我那雙耳環時，我曾經很小家子氣地在心裡跟你以前送給夏夏的那一雙比較。你送我的這一雙是漂亮許多的。

那本《格雷的畫像》，我放在你的書架上。

你說過，借你的錢可以不還，借你的書一定要還，我沒忘記，只是遲了二十二年才還。

信生，不要試圖去找我，你不可能會認得現在的我，也不可能會愛現在的我。

我們餘生都不會，也不要再見了，只要記著我年輕的模樣，不是更好嗎？

那些玫瑰是給你的，生日快樂。

我愛你比你所知道，比你所感覺到的要多很多。

寧恩

喬信生顫慄地放下手裡的信，他的目光落在客廳那些玫瑰上，這種他以前沒見過的花是紫丁香的顏色。

他想起信裡提到的那種玫瑰，名叫「昨日」。

他顫抖著從扶手椅上站起身，走到書架那邊，看到了一本《格雷的畫像》，書已經很舊了，書紙都發黃，他突然感到心中一陣寒意。

這時，畫室的門被一陣風吹開了，他走進去，裡面沒有人，只有她留下的幾張未完成的畫。

風從敞開的窗子灌進來，他走到睡房，只有窗簾飄動。

他衝出屋外，奔下那道水磨石樓梯，上了車。

他把車停在天琴路，從路的一頭走到另一頭，又往回走，沒看到這條路上有畫廊。

天色已經晚了，他走進每一家商店去問人，這裡是不是曾經有一家畫廊？

大家的答案都一樣，從來沒有人在這一帶見過什麼畫廊。

他攔著過路的人問同一個問題，沒有一個人能夠回答他。

他在附近亂逛，想找她在信裡說的那家很波希米亞的畫廊，想找那扇鑲著一隻小窗口的鐵門。

他抓住路人，問他們有沒有聽過玫瑰夫人的畫廊，每個人都問他：

「誰是玫瑰夫人？」

他哭了，呼喊著她的名字。

後來那些漫長孤單的日子，他常常獨自坐在她的畫室裡，往往一坐就是幾小時，他想替她把那些未完成的畫都畫完，卻從來沒有拿起過畫筆。

29

離那一天已經三十三年了，喬信生在睡房那面鏡裡，瞇著皺褶的眼睛，看到一個老朽不堪的身影，他感到自己已經很蒼老很疲乏了，跟生命中最好的年華相去很遠。

他從窗子看出去，想起無數個孤寂遙遠的夜晚，曾經有一個十七歲的少女，一個二十歲的女孩子和一個三十七歲的女人在下面看上來，直到他房間裡的燈光熄滅才離開。

她們是同一個人。

這時，傭人來告訴他：

「白小姐已經到了。」

他吩咐說：

「請她在畫室等我。」

他整了整脖子上黑亮的領結，在白襯衫外面套上黑色的禮服，拄著一根枴杖，蹣跚地走出睡房。

他走向畫室。

那位從法國歸來的知名畫家要為他畫一張人像畫，紀念他這位偉大的建築師——矗立在海邊的那座歌劇院的設計者。

他進到畫室，看到畫家時，他眼露出驚訝的一瞥。

這位畫家比他想像的要年輕，看起來頂多只有二十五歲。

她長得很美，身上穿著一襲深藍色的絲絨長裙，耳垂上釘著一顆吊下來的珍珠耳環，在她臉龐兩邊晃動，那雙深黑的眸子彷彿從另一個世界看過來。

畫家這時恭敬地喊了他一聲「喬先生」，然後請他坐到前面一張扶手椅裡。

畫室的畫架上已經擺好了一塊畫布。

他顫巍巍地坐到椅裡，椅子旁邊的琉璃花瓶裡插滿昨日的紫紅色玫瑰，這位畫家的名字也叫玫瑰，白玫瑰。

他把手裡的枴杖擱在一邊，試著挺起脊梁。畫家晶亮的雙眼不時從畫板後面帶感情地看向他。

她看他的方式，好像很久以前已經認識他了。

有那麼一刻，他覺得前世經歷過這一幕。

但他太老了，許多記憶已然枯萎。

他想起今天是他八十歲的生日，他心中再無波瀾，也說不上傷感，只是覺得，人為什麼要活到那麼老啊？

唱盤上擺了一張蕭邦的鋼琴曲，《夜曲》在屋裡流轉縈迴。

這時，一陣過堂風吹過，他彷彿聽到往事的呢喃和幻滅的嘆息，重又看到一個遙遠的夜晚，那個青澀的少女可憐地裸身在他床上，等待他的召喚和恩寵。

她卻是他一生的救贖。

張小嫻作品。

睽違已久，張小嫻年度愛情長篇力作！

我終究是愛你的

喜喜，一個三餐不繼的小舞者，
雖然熱愛跳舞，卻總在每次的選角中落空，
無依無靠的她，只能在心裡與失蹤多年的哥哥對話。

一紙遺產繼承通知卻突然改變了她，和他的命運……

他，是名私家偵探，跟她哥哥擁有一樣的孤獨眼神。
一個惡作劇般的念頭使然，
喜喜決定輾轉化名僱用他來跟蹤自己，
既然有了花不完的錢，買個守護天使也沒什麼不對吧？

如影隨形一般，他陪她在各地流浪。
在他的跟蹤報告裡，她看到了鏡頭下茫然回首的自己，
髮絲紛亂，一雙夢幻的大眼睛看向拍照者的心裡。
他，把那一刻捕捉下來了。

而她，在相片裡看到了她不斷尋覓的、
那種叫作「愛」的感覺……

【張小嫻10年有愛散文精選典藏版——4】

女人的愛情行李

女人要學會為了愛情而出走，
行李才會裝滿令自己幸福的力量！

我永永遠遠不會離開你！我一定會跟你結婚！我會永遠愛你！……
耳熟能詳的承諾，聽似眞摯，卻不免令人失望。
男人，到底有沒有新鮮一點、精采一點的承諾？

要知道，女人的愛情行李只想裝入幸福的點滴——
即使吵了架，每天還是要吻我一下。
記著我的生日禮物，而且年年要不同。
不管在任何地方，都思念我的一切。
無論身邊有多少誘惑，我永遠是你心中的唯一。
每年有一天，所有時間都讓我擺佈……

男人，如果你做不到這些，
你就要小心點，趕緊在期限之前改進，
否則，女人將帶著愛情行李離開，尋找下一個幸福停靠點！

張小嫻作品。

〔張小嫻10年有愛散文精選典藏版——3〕

你微笑，我說謊。

戀愛旅途再出發，必讀張小嫻！
美好的愛情，不是讓我們變得自私，
而是使我們變得善良和寬容……

對男人，妳可以撒這些謊話：
「你是我見過最棒的男人！」
「以前那些根本不算是愛情，跟你在一起，我才知道什麼是愛情。」
「你很幽默！」（即使他的笑話令妳打呵欠。）
「你看起來很年輕啊！」（即使他的皺紋可以夾死一隻螞蟻。）

對女人，你不妨說這些謊話：
「妳今天很漂亮。」（即使你認爲她那一身衣著很沒品味。）
「妳看起來很年輕啊！」（雖然她比上一次跟你見面時老了一些。）
「單身很好啊！」（既然她已經很久沒有談戀愛。）

小時候撒謊，撒的是不必要的謊言，純粹爲了逃避責罰。
長大了，我們才明白，人生，總有需要撒謊的時候，
爲的只是對方一個微笑……

國

市：皇冠文化. 2009.07
面；公分（皇冠叢書；第3876種）（張小嫻作品；40）

ISBN 978-957-33-2554-3（平裝）

857.7　　98009460.

皇冠叢書第3876種
張小嫻作品40

你總有愛我的一天

作　　者—張小嫻
發 行 人—平雲
出版發行—皇冠文化出版有限公司
台北市敦化北路120巷50號
電話◎02-2716-8888
郵撥帳號◎15261516號
皇冠出版社(香港)有限公司
香港灣仔駱克道93-107號利臨大廈1樓
電話◎2529-1778　傳真◎2527-0904
出版統籌—盧春旭
責任編輯—尹蘊雯
美術設計—王瓊瑤
行銷企劃—周慧真
印　　務—林佳燕
校　　對—鮑秀珍・尹蘊雯
著作完成日期—2007年
初版一刷日期—2009年7月

法律顧問—王惠光律師

讀者服務傳真專線◎02-27150507
電腦編號◎379040
ISBN◎978-957-33-2554-3
Printed in Taiwan
本書僅限台澎金馬地區銷售
本書定價◎新台幣220元